JN173481

【新版】日本の民話73

若狭・越前の民話

第二集

杉原丈夫・石崎直義 編

未來社

まえがき

わたしたちが、『若狭・越前の民話』の第一集を出したのは、昭和四十三年ですから、もう十年も前のことです。

その十年の間に県内においても、民話に対する関心が高くなり、郷土の民話が、地元の新聞に連載されたり、ラジオで朗読されたりして、一般の人々にもずいぶん親しまれるようになりました。

わたしたちはかねて、村々の民話が近い時代に絶えてしまうのではないかと、心配しておりました。確かに、いろりばたで親から子へ語りつぐという形式の伝承は少なくなりました。しかしそのかわりに、出版物を通じて、村よりもずっと広い範囲の人々に伝達されるという新しい形式ができてきました。

これはほんとうに喜ばしいことです。わたしたちは、これに力を得て、今回第二集を発行することにしました。若狭・越前は、民話の豊富な土地です。第一集で九十九編の民話を紹介しましたが、それは全体のほんの一部分にすぎません。第二集では七十六編を収めました。それでもまだ、すべてをつくしたとは、とても申せません。しかし両集を合せると、県下の民話の典型的なものは、かなりの程度集め得たと思います。

第二集の編さんにあたっては、第一集と類似した内容の話は、なるべくさけました。また第二集は、伝説的な説話が前に比べていくぶん多くなりました。かなり長い話もいくつか加えました。

これらの民話は、小学生の方にも読んでいただきたいので、漢字の使用を制限し、ふりがなも多くしました。

この集に収めた民話の出所については、『越前若狭の伝説』など、わたしたち自身の著書に取材したものは、単に再話者の名を記すのみで、出典または採集者・伝承者の名は記してありません。その他の場合は、原話の出典または採集者の名を、それぞれの話の末尾に明記してあります。それらの原話者または採集者に心より感謝の意を表します。

わらべ歌は、第一集では福井市周辺のものと若狭地方のものをのせました。それでこの集では大野地方のものを収めました。その多くは坂井玉子先生の採集されたものです。ここに記してお礼申し上げます。

わたしたちは、この第二集の出版を機縁として、郷土の民話に対する関心と理解が、さらにいっそう深くなることを、せつに希っております。

終わりに、この書の出版をご高配いただきました未來社社長西谷能雄氏と同社編集部田口英治氏に厚く謝意を申し述べます。

昭和五十三年十月

杉原丈夫
石崎直義

若狭・越前の民話　第二集　目次

嶺北地方

カバー・笠松一夫　さし絵・森高芳

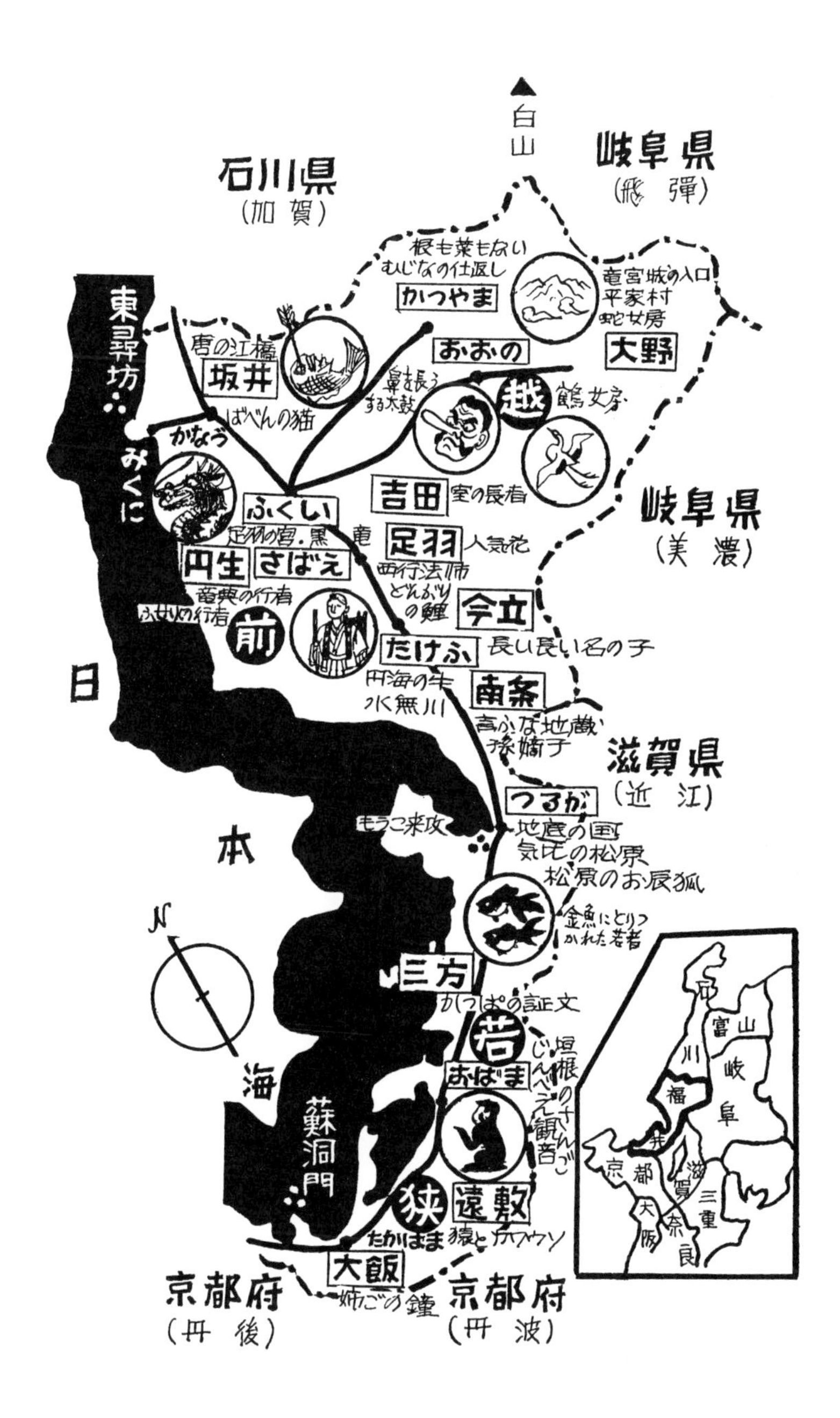

白山
岐阜県
(飛 彈)
石川県
(加 賀)
根も葉もない
むじなの仕返し
かつやま
竜宮城の入口
平家村
蛇女房
東尋坊
唐の江橋
おおの
大野
坂井
鼻を長うする太鼓
越
鶴女房
ばべんの猫
かなづ
みくに
吉田
室の長者
ふくしい
岐阜県
(美 濃)
足羽の宮. 黒竜
足羽
人気花
円生
さばえ
西行法師
どんがりの鯉
今立
前
たけふ
長い長い名の子
日
円海の牛
水無川
南条
滋賀県
(近 江)
つるが
もうこ来攻
地底の国
気比の松原
松原のお辰狐
本
金魚にとりつかれた若者
三方
かつぱの証文
若
垣根のじんべえさんご
おばま
富山
川
福
岐
阜
京
都
滋
賀
三
重
大
阪
奈
良
海
蘇洞門
観音
狭
遠敷
たかはま
猿とカワウソ
大飯
京都府
(丹 後)
姉ごの鐘
京都府
(丹 波)

嶺南地方

若狭国　三方郡・小浜市
　　　　遠敷郡・大飯郡
越前国　敦賀市

かっぱの証文

〔三方郡〕

三方郡佐田の又右衛門家には、かっぱ（河童）の証文がある。見た目にはただの紙だが、水にうつすと判読できるという。

又右衛門の何代か前におじいさんがいたと。おじいさんは毎日夕方になると、牛を浜べへ連れていって、体を洗ってやっていた。ある日いつものように牛を浜べに連れていった。するといつもならば喜んで水の中へはいる牛が、その日に限っていくら引っぱっても海へはいらない。仕方がないので、波打ぎわで牛の体を洗っていると、牛はしきりにうしろ足をはねて、何かをけっている様子である。

おじいさんは、あやしいと思って、日ごろ読んでいる般若心経というお経を口でとなえた。すると牛のうしろに子どもの姿が見える。年は五、六歳ぐらいで、髪を下げている。その子が牛の後足を引っぱって、海の中へ引きいれようとしているのである。

おじいさんは、気がつかないような顔をして、すばやく牛のうしろへ回り、子どもをつかまえた。牛のたずなでしばり上げて、

「おまえは、どこの子や。なんやって、うちの牛を海へ引きずりこむのや。言わんと痛い目にあわせるぞ」

というて、問いつめた。

　子どもは、

「おれは人間の子やない。この浜に住んでいるかっぱや。ぎおん（祇園）さまの祭りがあるので、人かけもののしりを、ぎおんさまにお供えせんならんのや。それでこの牛を海の中へ引き入れて、しりを取ろうとしたのや。どうかかんにんして、放してくれ」

という。

　おじいさんは、腹をたてて、

「人や牛のしりを抜くようなやつは、生かしておけん」

といって、棒で打ち殺そうとした。

　かっぱは、泣きながら、

「許してくれ、許してくれ。これからはこの浜では、けっして人やけものに害をしないから、命だけは助けてくれ」

といって、しきりにあやまった。

　おじいさんは、少しかわいそうに思って、

「それなら、今後けっして害をしないという証文を書け」

と、いうた。

かっぱは、

「ここには、筆もすずりもないさかい、今晩のうちに書いて、あすの朝おじいさんの家の前にとどけておく」

という。

「そんなこといって、おれをだますと承知しないぞ」

「うそはいわん。放してくれれば、お礼に毎朝魚をとどける。お願いやから放してくれ」

「よし、きっとその約束忘れるな」

というて、おじいさんは、かっぱを放してやった。

むかしは家の門口の柱にしか（鹿）の角のかぎがさげてあった。そのかぎにかさ（笠）などかけるようにしていた。おじいさんがあくる朝起きてみると、そのしかの角のかぎに、新しい魚が二ひきかけてある。証文も折りたたんで、かぎに結びつけてあった。

「あのかっぱは、正直者やった」

というて、おじいさんは喜んだ。

その次の日の朝も、魚が二ひき門口にかけてある。それからは毎朝毎朝、必ず新しい魚が二ひきかけてある。

ある日二尺（六十センチ）ばかりの大きなぶりが二ひきかけてあった。おじいさんはこれを見て、欲をおこした。もっと大きな魚をかけられるように、しかの角のかわりに鉄でつくった大きなかぎをさげておいた。

そしたらそれからは、もう魚をかけんようになった。かっぱは鉄がきらいであった。

再話　杉原丈夫

孝女いと　〔三方郡〕

　むかし、早瀬（美浜町）にイトという名の女の人がいました。家が貧しいうえに、夫は漁のために他国に出てるすがちでした。それでイトは、魚を売りに歩いて、しゅうとや子どもを養っていました。

　しゅうとは年老いていて、子どもみたいにわけなし（ききわけがない）ですと。ある日イトが魚売りから帰ってみると、家の中一面にわらが散らかっているのですと。

「朝きれいにそうじしていったのに、どうしたことやろ」

と思って、子どもにわけをきくと、

「おばあちゃんといっしょに遊んだ」

というのですと。

　イトは、自分もわらを二、三ば持ってきて、子どものように、わらをまき散らして遊んだのですと。しゅうとは、それを見て、大笑いをして喜びました。

　ある年の冬、しゅうとは季節はずれになすびのすい物を食べたいといい出したのですと。イトは、近くの寺からなすびのぬかづけをもらって来て、川の水で洗っていると、ふしぎになすびの塩気（しおけ）がぬけ、色も一変して、新しい生（なま）のなすびになったのですと。そのなすびですい物をつくってしゅうとにすすめました。

　またある年の冬、しゅうとは魚が食べたいと、しきりにいうのですと。あいにく海は大荒れで、魚は一ぴきもとれないのですと。それでもイトは、困った顔もせず、

「どこかで魚を見て（さがして）きます」

といって外へ出たのですと。一ぴきでよいから魚がないかと、村の中を歩いていると、一羽（わ）のとびが、イトの頭の上へ飛んできて、一尺（しゃく）（三十センチ）ばかりの生きた魚を一ぴき、目の前に落としていったのですと。イトは、それを拾って帰って、しゅうとに食べさせました。

　イトの孝心に天も感動したのだろうと、村の人はいいました。

再話　杉原丈夫

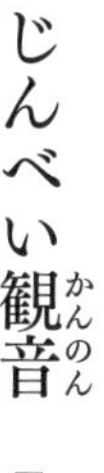

じんべい観音〔小浜市〕

小浜市の太良庄の正林寺には、現在国宝になっている如意輪観音がある。むかし、正林寺にどろぼうがはいって、この観音さまをぬすみ出し、京都の道具屋へ売ってしまったのやと。

観音さまは、いつもかぎのかかったおずしの中にしまってあるので、村の人は、観音さまがぬすまれたことに気がつかなかったのやと。

この村にじんべい（甚兵衛）という人がいたのやと。あるとき、用事があって、京都へ行ったのやと。町を歩いていると、

「じんべいさん、じんべいさん」

と呼ぶものがあるのやと。

ふり返って見ると、若いむすめやと。むすめさんは近くの古道具屋の中へはいっていったので、じんべいさんもそのあとについて店の中へはいったのやと。そやけど店の中にむすめさんの姿がないのやと。じんべいさんは店の人に、

「いま家へはいったむすめさんは、おたくのむすめさんですかの」

とたずねたのやと。店の人は、

「いや、うちにはむすめなんかいないよ」

というのやと。

　じんべいさんは、

〈変やな。たしかにはいったはずやに〉

と思うて、店の中を見回すと、なんと、太良庄の観音さんとそっくりの観音像が置いてあるのやと。

　じんべいさんは、おどろいて村へ帰り、村の人にこの話をしたのやと。それでお寺の世話人たちが、観音堂のおずしをあけて調べてみたら、中はからっぽやったと。

　世話人たちは、さっそく京都へ行き、五両の金で観音さまを買いもどして来たのやと。それ以来この観音さまは、じんべい観音というようになったのやと。

　この観音さまは、あまりに有名なので何回もぬすまれているのやと。でもそのつど、無事にもどって来ているのやと。

　あるとき、山伏（やまぶし）がこの観音さまをぬすみ、背中（せなか）に負ってにげたのやと。夜じゅう歩いて、ず

いぶん遠くまで来たのやと。

「ここまで来れば、もう大丈夫や」

と思って、一休みしたのやと。

　夜が明けてきたので、あたりを見ると、なんと、そこは太良庄の村はずれやと。山伏は同じところを、ぐるぐる歩き回っていたのや。山伏は、おそろしくなって、観音さまをそこに置いて、にげていったのやと。

　最近では昭和三十二年にまたぬすまれたのやと。

「こんどは、もうだめか」

と思っていたら、鳥取県で売られているのが見つかり、警察(けいさつ)の手で、無事にもどされたのやと。そのときは、村じゅうの人が総出で、小浜の警察署(しょ)までおむかえに行ったのやと。

再話　杉原丈夫

大根のびっくりぎょうてん

〔小浜市〕

むかしむかし、あるところに野菜(やさい)畑の村があったって。ダイコンとニンジンとコンニャクとゴンボウ（ごぼう）とイモガシラ（おやいも）とがすんどった。村長はイモガシラだった。

お正月のある日、イモガシラがいい出いて、新年会をみんなですることになった。そこで、町の方へ誰が買いもん（もの）にいくかちゅう、相談をしたんやって。村長が、ニンジンに、

「お前、町まで買いもんにいってきてくれやあ」

って、いうたんやって。ほしたら、ニンジンが、

「ううん、わしゃあ、あんまり赤い顔をしとるもんで、酒のみやと思われるかもしれんさかい、いかんこともないけんど、いややわあぁ」

というたって。それで村長は、コンニャクに、

「そんなら、どおやあ、お前がいってくれや」

って、いうたんやって。ほしたら、コンニャクが、

「ううん、わしもなあ、からだがあんまりくにゃくにゃしとるんで、骨なしやと思われるかも

しれんさかい、よわったこっちゃ」

というたって。それで、村長は、ゴンボウに、

「そんなら、どおやあ、お前がいってきてくれや」

っていうたんやって。ほしたら、ゴンボウは、

「ううん、わしゃあ、あんまり黒い顔をしとるんで、炭焼きのおやじと思われたら恥ずかしいし、いきとうないさかい、こらえてくれやあ」

って、いうたんやって。

ニンジンとコンニャクとゴンボウが、そないにいうもんで、イモガシラは、ひどい弱ってしもおて、

「そおかいなあ、みんながそんな都合悪いんならしゃないわい。わしがいくとするかなあ。それじゃ、ダイコンや、お前もいっしょにきてくれやあ」

というたって。

それで、村長のイモガシラとダイコンの二人が連れだって、町へ買いもんにいくことにしたがやって。歩きながら、

「さぶいなあぁ、なんしたさぶいんやろお」

といいながら、ほところ(ふところ)手をして、町の方へずんずんいった。ほしたら、急にごおつい(つよい)風がびゅうびゅう吹いてきて、二人とも吹きとばされてしもたんやって。

イモガシラは、ころころころころとところげていって、こそっと道ばたのみぞに落っちて、すくん

どったんやって。ちっと(しばらく)ますると、風がいつのまにか、うそみたいにやんだもんで、イモガシラは、みぞからはい上ってきて、

「ダイコンやあ、ダイコンやあ、どこにおるんや、もう風が止んださかい、出てこいやあ」

というてわめいたって。ほしたらダイコンが、青細い顔して、草むらから出てきて、

「おぞえ(おそろしい)風やったなあぁ、何じゃったんにゃろなあ」

というたって。ほしたら、イモガシラが、

「ううん、あれはなあ、きっと、江州(ごうしゅう)（いま滋賀県）の叡山(えいざん)の吹き下(お)ろし風やったろ」

っていうたんやって。ほしたら、ダイコンが、

「ふふん、そうやったんか。なんだ、吹き下ろしだって。わしゃまた、ダイコンおろしかと思うた。すりおろされたらかなわんもんで、びっくりぎょうてんしたあ」

っていうたんやって。

　これでおっしまい。

原話　小浜市連合婦人会編
　　　『ふるさとの昔話』
再話　石崎直義

へびの知恵

〔小浜市〕

むかし、小浜の空印寺というお寺がありましたと。このお寺の主寮（和尚の住んでいる建物）の軒に、雀が巣をかけて、朝夕、ちゅんちゅんとさえずっておりました。また、この軒近くに五葉松が一本あって、枝がその方へ長くのびておりました。

ある夏の日のことでしたと。一匹のへびが、五葉松の木へはいあがって、長くのびた枝から雀の巣の方へ、かま首をにゅっとのばしました。雀たちはびっくりして、親雀は舞いあがってちゅんちゅんと、子雀はちいちいと鳴いて大騒ぎしていました。

和尚さんと小僧さんは、雀たちの鳴き騒ぐ声を聞いて、〈これは何ごとじゃ〉と、窓の外を見ますと、へびが雀の巣をねらっていたのです。〈かわいそうに、どうなるやら〉と、しばらく見ていたら、へびのかま首は、巣にどうしても届かない。もう一〇センチほどのことだが、かま首は、それ以上には長くなりません。あきらめたのか、するすると、木を下りました。

しかし、へびは執念深い（かたく思いこむ）もんです。なおも和尚さんと小僧さんがじいっと見ていると、へびは堀の石垣の方へ行きました。しばらくすると、二匹連れで引き返してきます。松の木の元まで来ると、いっしょに松の木にはいのぼり、軒に近い枝までいきました。さっきのように、一匹がかま首をにゅっと雀の巣の方へのばすと、もう一匹は先のへびにまといついて、さらにそのかま首を伸ばすと、とうとう雀の巣にとどかんばかりになりました。和尚さんと小僧さんはあわてて、長い竹竿（ざお）で、へびを叩（たた）き落しました。それで雀の巣は助かりました。そのあとで、お寺では、松の枝を短く切って、巣の方へ届かないようにしてやりましたと。

もうなし、こんぽろこん。

原話　山口久三
再話　石崎直義

だらなおじぼん

〔小浜市〕

むかしむかし、あるところに、ヨチとトチという兄弟がおったんやって。二人は、おとっつあんやおっかあに早ように死に別れて、やっとせ（まずしく）暮しておったんや。

ある日、亡くなった親の法事をすることなったたんやって。あんさん（兄）のヨチがおじぼん（弟）のトチに、

「トチよトチよ。今日はなあ、お経を読んでもらわんなんさげい、おっさん（和尚）を招んで来てくれ。お寺へいくと、黒い衣を着てチーンと坐ってござるわい」

というと、トチは、

「よおしゃ」

というて、家を出て寺へ行ったんやって。

ちっと（しばらく）ますると、トチがでかい黒牛を、のっしのっしと連れて来たやないか。ヨチはびっくりしてしもて、

「何じゃ、それは牛やないか。うら（おら）はおっさんを招んできてくれというたのに」

というたら、

「そんでも黒いもんやいうたさけやあ」

「あほやなあ、おっさんいうのはなあ、お寺の中にいらっしゃるんや。もう一ぺん、早う行ってこいや」

と、ヨチがいうた。


トチは、また家を出て行って、こんだは、ちゃあんとおっさんを連れてきたんやって。

そのつぎに、ヨチが、

「なあトチよ、わし（おら）家に、おっさんに食べてもろうもんは何もないし、どうするかなあ。そうや、二階の大きな壺（つぼ）に、あま酒を作っておいたさかい、それをご馳走（ちそう）にしよう。二階からおろすのを手伝ってくれやあ」

というて、ヨチは二階へ上がっていったんやって。


やがて、大きな壺をよっこらしょと持ちあげて、下の方にいるトチに、

「おうい、下ろすさけい、あんばよう（しっかりと）、尻を持つんやぞお。ええかあ」

というたら、

「よっしゃあ、もったぞお」

というもんで、ヨチが手を離したがや。そしたらがっしゃんとごつい（大きい）音な（が）して、壺がこわれ、そこらじゅうあま酒だらけじゃ。

二階からヨチが、

「トチよお、どないしたんや」

とや（わ）めくと、下の方で、

「そんなかて、尻持てというさけい、わしの尻を持っとったんや。ほしたら、どしんと落っちてこわれたんや」

というもんで、ヨチはあきれてしもうて、おこってもしゃなかったって。

それで、こんどはおっさんに風呂（ふろ）にでも入ってもらおうかということになったんやって。

「トチよ、おっさんが風呂にはいらしゃったから、湯かげんを聞いてみてくれ。ぬるといいなったら、そこらにあるもん、何でも焚（た）いとけやあ」

といいつけたんやって。

トチは、風呂の釜場（かまば）へ行って、火たこうとしたが、たくもんが何もないんで、おっさんが脱（ぬ）いだ衣（ころも）などもみんな燃（も）やしてしもたんやって。

やがておっさんが、

「ああ、ええ湯やったわい」

といいもって風呂から上がってきて、衣を着ようとしたら、何も無いもんで、びっくりして、

「わしの衣をどないしたんやあ」

というたら、トチが、

「ぬるいと思うたさけい、そこらにあったもんをみんな焚(た)いてしもうたわ」

というた。

おっさんはよわって（こまって）しもて、着るもんはないし、腹はへるし、しかたなく、だいじなあそこ、をおさえて、お寺へ帰っていきなさったとさ。

そっけん　ぶっしゃり　灰だわら。

原話　小浜市連合婦人会編
　　『ふるさとの昔話』
再話　石崎直義

垣根の珊瑚

〔小浜市〕

むかし、若狭の殿さまが、参勤交代*で江戸詰めの時のことやといのう。

徳川将軍さまの江戸城に出仕*された日のこと。勤めの合間に、諸国の殿さまたちがおたがいにお国自慢のくらべあいをなされた。

南の国のある殿さまは、腰に下げている煙草入れの根じめの玉をみんなに見せて、

「これは、拙者の国の海中からとれた珊瑚で作らせたものでござる」

といわっしゃったといのう。すると他の国の殿さまがそれを手にとってみて、

「いやはや、まことにお珍しい品。おとなしい艶、乳色にうるんだ 紅 の色。何と上品なお見事なものでござる」

と賞めた。その横にいた殿さまは、

「それがしの国の海からも、珊瑚が採れるならば、同じように作らせてみたいものじゃ」

とうらやましがり、それぞれにお上手をいわんしたと。

その次に、若狭の殿さまが、すました顔で、

「身どもの国では、このような品は、垣根にいくらでも生り申す」

と、口をはさまさっしゃといのう。これを聞かしゃった殿さまがたは、みんな口をそろえて、

「なんといわれる。こんな美しい玉が垣根に生るといわれるのか。それはそれは耳よりな話でござるわい」

といわっしゃった。

　若狭の殿さまは胸を張って、

「なんのなんの、くさるほど垣根に生るのでござる」

と、得意満面にいわっしゃったもんだから、並んでいた殿さまがたは、めいめいに、

「ぜひともそれをご所望（きぼうする）申すからよろしく」

「それがしにも一つ」

「拙者（私）もお頼み申す」

ということになったのやといのう。

　それで、若狭の殿さまは、いまさら冗談（ふざけていう）とはいえず、引くに引かれぬようになり、みんな引請けられたのや。

「では、直ちに取寄せて進ぜよう」

と、さっそく小浜の城へ早飛脚（早く報せる使者）を出さしゃった。

　こちらは小浜の城中、江戸からの思いがけない早飛脚とあって、どんな大事が起こったやらと、家老がおそるおそる手紙を開いてみたら、

「垣根の珊瑚を直ぐ送れ」

と書いてあったのやといのう。

　留守居（るすい）の家来たち一同は、

「垣根の珊瑚、垣根の珊瑚」

といっても合点（がってん）がいかない。みんなして首をかしげてみたけれど、何のことやらさっぱり心当たりがつかない。殿さまに恥（はじ）をかかせ申してはならぬ。若狭藩（はん）の一大事として困りきったのや。

　そのうちに、一人の家来がとんと膝をたたいて、

「おのおのがた、わかり申した。それは、垣根に植えてある〈青木〉に生る、赤い実のことでござろう」

と判断（はんだん）したので、みんなほっとしたといのう。

　すぐさま、小者（こもの）（身分のひくい家来）をつかわして、あちこちの山を探し、青木の実をたんと集めて、米俵（だわら）につめ、江戸のお屋敷へ送ってやったがやといのう。

　これで、どうやら、殿さまは恥をかかず、家来たちも手落ちになることなく、うまく事を運んだそうや。めでたしめでたし。

　おしまい、けっつり　候（そうろう）。

採集　山口久三
再話　石崎直義

＊　参勤交代　江戸時代に、大名が一年おきに江戸へ出て幕府に勤務。
＊＊出仕　城へ出て勤めること。

弘法大師（こうぼう）〔遠敷郡〕

むかし、弘法大師（こうぼうだいし）が諸国を巡回（じゅんかい）されたとき、槇谷（まきたに）（名田庄村）にも来られたのやと。子どもたちがももをもいでいるのを見て、

「わたしに一つくれんかな」

といわれたのやと。

大師は、ぼろぼろの衣を着て、こじきみたいに見えたので、子どもたちは、大師をばかにして、

「そら、ももをやる」

というて、石を投げたのやと。

大師は、あわ畑ににげこみ、

「このようなじゃけんな村には、よいももはできない。ももができたらヤニになれ」

といわれたのやと。

子どもたちは、それでもいたずらをやめず、あわ畑の中へも石を投げこんだのやと。大師は、

「あまりいたずらが過ぎると、よいあわはできなくなる。あわができたら虫がつけ」

といわれたのやと。

それでこの村には、よいももやあわができなくなったのやと。

再話　杉原丈夫

猿とカワウソ 〔遠敷郡〕

大むかしは、日本の猿（さる）には長い尾があり、顔もあんなに赤くありませんでした。またカワウソにはまだ名がありませんでした。

この在所（遠敷（おにゅう）郡上中町新道（しんどう））の奥にある琴（こと）な渕（ふち）でのことであります。このふちの上に木の枝が張り出していました。ある晩サルがこの枝を渡ってきて、水面の上で止まって下のふちを見ていました。すると一匹のけものが川下からのぼって来ました。このけものはふちの中へゴボンともぐりこむと、しばらくして口にさかなをくわえて出てきました。サルはあまりに珍らしいでき事なので、おどろいて息をころして見ていました。けものは何回か水の中へもぐりこみ、さかなをくわえて出ては食べていました。それからたいへんな早さで川を下って行きました。

　あまり見事なのでサルは次の晩も見に来ました。それからは毎晩けものが魚を取るのを見ていました。そのうち冬になり、山の木の実も少なくなり、サルの食べものも乏しくなってきました。ある寒い晩サルが木の上から見ていると、けものはいつものように魚をとってうまそうに食べています。サルはけなるく(うらやましく)なっていいました。

「おい、おまえ、ずいぶん魚取りがうまいな。」

「ハハ。だけどわしは、おまえのように木登りはできんよ。」

「どうだろう。水にもぐらずに魚をとる工夫(くふう)はないかね。」

「うん、ないこともないが。」

「そんなら、それを教えてくれ。ぜひたのむ。」

　サルがあまりしつこくねだるので、けものは、

「それなら教えよう。寒い晩の夜明け前にな、静かな水の中へ尾をつけておくのさ。すると魚がくっつくから、そのとき急に尾を引き上げて、砂の上にはね上った魚をつかむのさ。」

　サルは教えられたとおり、夜明け前に寒い風の吹く中を静かなふちへ尾をつけました。水が冷たくて痛いほどでしたが、サルはいっしょうけんめいにしんぼうしました。夜明け近くになって、もういいだろうと尾を引きましたが、ふちに氷がはっていて、尾がとれません。

　おどろいたサルは、痛いのをがまんして、うんとりきみました。そのためサルの顔はまっか

になりました。またあまり力をいれてひっぱったので、尾が付け根からちぎれて、サルは砂の上へころびました。それでサルの尾は短くなり、そのとき出た血がサルのしりに付いて、サルのしりは赤くなりました。

サルは腹をたて、

「うそつきめ、うその皮がはげたとき、おれの尾が抜けた。皮うそめ」

と叫びました。それから、このけものはカワウソと名が付けられました。

はなし　松尾利一
採　集　永江秀雄

片目のへび

〔遠敷郡〕

むかしお石という女の人がいたのやと。あるとき、新道（しんどう）（遠敷（おにゅう）郡上中（かみなか）町）の池の谷というところへよもぎをつみに来たのやと。池の谷には大きな池があったのやと。お石は一心によもぎをとっているうちに暑くなったので、池へ顔を洗いにいったのやと。

顔を洗ってから、自分の顔を池の水にうつして見ていると、その水かがみの中の顔に、見るうちにうろこがはえて、大（だい）じゃの姿になってしまったのやと。お石は、自分が大じゃに変身してしまったことを悲しみ、そのまま池の中へとびこんでしまったのやと。

家では、お石がいつまでたっても帰ってこないので、心配して、両親がさがしにきたのやと。池のはたまで来ると、中からお石が現われて、

「わたしは、このように大じゃになってしまい、もう家に帰ることはできんのや。ここの池の主（ぬし）になるには、おこわ（赤飯）がいるさかい、おこわを一斗（十八リットル）むして、あすの朝持って来てほしい」

というのやと。

両親はなげき悲しんだが、どうにもならないので、

「おまえの子どもはどうするのや。乳（ちち）をほしがって泣いているのやけど」

というと、お石もなみだをこぼし、自分の片方の目の玉をくりぬいて、

「この目の玉を持って帰っておくれ。子どもが泣いたときには、これをしゃぶらせると、泣きやむさかい」

というたのや。

あくる日、おこわをむして、池まで持って来て、おひつごと投げ入れたのやと。するとおひつは、うずを巻（ま）いて池の中へすいこまれていったのやと。その後（ご）お石の子どもが泣くときは、目の玉をしゃぶらせると、泣きやんだのやと。

村の人は今でも、池や川で水かがみをしてはならないと言い伝えているのや。また池の谷のへびやかえるは、今も片目であるそうや。

再話　杉原丈夫

大力自慢のシイの失敗

〔遠敷郡〕

遠敷郡の名田庄村から奥へはいると、谷が三つに分れている。西へはいるのが横谷、まん中のが血坂道、左側へはいるのがこなみ峠道である。このこなみ峠道にそうて、染ケ谷という小さい部落がある。若狭と丹波の国境にあるさびしい所である。ここから、京都へ行くには、血坂道へ出るか、こなみ峠を越すか、どちらにしても、染ケ谷から十八里（七十二キロメートル）ほどの道のりであります。

あるとき、シイは京の方へ出てみようと思って、血坂の急な道をたどりました。坂が大そう急なので、のぼるとき血の涙が出るくらいだというので、こんな名が付けられたといい伝えています。大力自慢のシイには、そんな苦労もいっこうにこたえません。

やがて、峠につくと、そこに名高い、石のお地蔵さんがありました。ふつうの旅人ならば、道中安全を願って地蔵さんを拝むのですが、少しうすのろのシイには、そんな心はちっとも出てきません。あべこべに悪戯心を出して、

〈ひとつこんどは、このお地蔵さんをかついで京都へ行き、人びとをびっくりさせてやらんな

らん〉と思いました。少し休んでから、その大きな、石のお地蔵さんを背にかついで、血坂道の二十八町（三〇キロメートル）の下りを、いとも平気で下って、矢原という村に着きました。

　シイは、村人にたずねました。

「若狭から京まで何里ほどじゃな。」

「十八里というわいなあ。」

〈まだ十八里歩かにゃならんかなあ〉と思いながら、また、重い石のお地蔵さんをかついで歩いていきました。次の宿場でまた道行く人に、

「若狭から京まで何里ほどじゃな」

と問うてみると、

「十八里というわいなあ」

と答えてくれた。

〈おやおや、まだ十八里かな〉と、またまた、石のお地蔵さんをかついで歩きました。そのうちにまた、道行く人に聞いてみました。

「若狭から京まで何里じゃな」

「十八里というわいな」

〈まだ、十八里もあるとは、なさけないなあ。だが、やっとここまで来たんだから、行かんならんわい〉とまた、ばか重い石のお地蔵さんを、うんとこしょとかついで歩いていきました。

だが、だんだん持ち重（おも）りがして、力はあっても、少しずつ肩がいたくなってきました。

そして、道みちの会う人ごとに、やはり、〈若狭から京までは何里じゃな〉とたずねたものですから、問われた人たちは、若狭と近江の国境から京都までの道のりを、ありのままに答えたのです。たずね方がまちがっていたのだとは、少しうすのろのシイには気がつきません。そこで、いつまで歩いても、同じ里数を歩かにゃならんかと思うて、業(ごう)をわかしてしまいました。そして、

〈これは、この石のお地蔵さんの悪戯(わるさ)にちがいない〉と思いこんで、もったいないことに、道ばたにおろして、置きざりにして、元きた道をすたこら、すたこら、染ケ谷の方へもどってきたそうです。

もうなし　けつぶくろ。

採集・再話　山口久三

猿の嫁取り

〔遠敷郡〕

むかし、あるじいさんが、おしげという娘と二人で仲よう暮らしておったんやって。

ある年の夏のはじめ、田んぼに水あてる時になったら、よわった（こまった）ことがおっきたんやって。

いたずら猿のやつが、水の取入口（とりいれ）を両手でふさいで、どうしても水をあてさせてくれなんだ。

「猿どん、猿どん、どうか頼むから、田んぼに水をあてさせてくれや」

と、じいさんがいうと、猿はいうた。

「じいさん、お前さまの家のおしげを、わしの嫁にくれたら、水をあてさせてやるよ。」

「とんでもないことじゃ、そんなことはできんわい。」

「それじゃ、水をあてさせせん。」

じいさんは、ひどいよわってしまったが、田んぼに水が大事なもんじゃから、しかたなく、

「猿どん、ほんまに水をあててくれりゃ、おしげをお前の嫁にやるわ」

といってしもた。猿はすぐに水の取入口を開けたって。

それから、じいさんは、しょんぼりとして家に帰ってき、おしげにいうてみたんやって。

「おしげよ、田んぼに水をあてんなんさかえ、猿どんとやくそくしたがやあ。頼むから、猿どんの方へ嫁に行ってくれんかい」

「いやじゃ、あんな赤いけつ(しり)をした猿の嫁にどうしていける、いやじゃいやじゃ」

と、おしげは泣いてばっかりいたって。

じいさんは、どうしたらよいか、よわってしもて、その晩はめしも食わんと寝てしもた。そのようすを見て、じいさん思いのおしげは、いとしうなって、あくる朝、

「じいさん、じいさん、しかたがないから、おしげは猿のところへお嫁にいくさかい、起っきてめしを食わっしゃいね」

というた。

「じゃ行ってくれるかい。お前はいとしいが、頼むぞ」

といって、二人で朝めしにしたって。

そこへ猿が来て、

「じいさん、じいさん、さあ、おしげを嫁にもらいに来たぞ」

といって、おしげを連れていったんやって。

山道に向こて、どんどん歩いていったら、一本橋があった。猿は、

「おしげよ、お前が先へ渡らっしゃい」

というた。おしげは、

「いやよ、猿どん、お前さんが先に渡らっしゃい」

というたって。

おたがいにそういうていたが、とうとう猿が先に渡ることになった。やがて猿が橋の中ほどまで渡ったとき、おしげは猿をうしろからつきおとしてやった。そしておしげは、いとしそうにして、〈おうい、おうい〉と泣くまねをしてみせたって。そしたら、猿は、

「猿の命は惜しくもないが、おしげ泣くこそ悲しけれ」

といいながら、どんぶらどんぶら流れていってしもたとさ。

それから、悪さをする猿が出てこなくなって、百姓たちはみんな安心して、お米を作ることができたそうや。おしまい。

原話　小浜市連合婦人会編『ふるさとの昔話』
再話　石崎直義

ごろ池　〔遠敷郡〕

奥坂本（名田庄村）の奥に小さな池がある。むかし、ある人がこの池に行くと、ゴロ（どろの中にいる魚）が一ぴき泳いでいたのやと。それをつかまえて家に帰り、焼いて食べようとしたのやと。

するると外で、

「ゴロ返せ、ゴロ返せ」

という者があるのやと。

〈今ごろ、だれやろ〉

と思って、外へ出て見たけれど、だれもいないのやと。

〈変なことがあるものや〉

と思うて、家の中へはいると、金あみにのせて、焼いていたゴロが、ピンピンはねて、外へ出ていってしまったのやと。そのゴロは池の主（ぬし）やったのやと。それからその池をゴロ池というのやと。

再話　杉原丈夫

姉恋いの鐘 〔大飯郡〕

むかし朝鮮に姉と妹の鐘があったのやと。どういうわけか、姉妹の鐘は日本へ来ることになったのやと。高浜の近くまで来たとき、暴風にあい、姉の鐘は海の底深く沈み、妹の鐘は高浜の海岸に流れついたのやと。それでその海岸を今でも鐘寄という。妹の鐘は村の人に拾い上げられ高浜の佐伎治神社に納められたのやと。姉の鐘は海底に沈んだままなので、村の人が引き上げようとすると、海の水が黒くにごって引き上げることができなくなるのやと。

それで、佐伎治神社の妹鐘をつくと、「姉さま恋しや、アネゴーン」となるのやと。

日でりが長く続いたときは、妹の鐘を浜へ運び出し、海中に七日間ひたして姉鐘と対面させて、雨ごいの祈りをすると、霊験(れいげん)あらたかなのやと。

再話　杉原丈夫

うそつき名人

〔大飯郡〕

むかし、むかし、ある家にお爺さんがおったといのう。一生のあいだ、うそをつき通して、たのしく生きとらんした。

ある日、朝早く、この爺さんがしっかりと頬被り（ほうかぶ）りして、急ぎ足で、脇見（わきみ）一つせんと、すたすた、東の方の道を歩いて行ったんやといのう。道ばたの田んぼで仕事をしとった人たちが、何やら不思議（ふしぎ）だなと思うて、冗談（じょうだん）半ぶんに、

「おやっ、お爺さん、今日はうそつかんせんのかのう」

とたずねたら、

「今日は大へんだ大へんだ。そんな呑気（のんき）なことどころじゃないわ。今、お寺の和尚（おしょう）さまがな、足をふみはずいて二階から落っちさんしたといのう。腰（こし）の骨がはずれて動けんで、よわってら（こまって）っしゃるさかえ、本郷（ほんごう）の医者（いしゃ）さまを呼びにいくとこじゃ。うそばなしなんどにか（かまって）もとれんがじゃ」

と、大まじめにいって、さっさと、うしろも見ずに急いで立ち去ったがや。田んぼにおった人

たちはみんな、

「そりゃ大へんじゃ、見舞(みま)いにいかんならん」

といって、田んぼからあがり、急ぎ足でお寺へかけつけたんやといのう。

長い石段を息(いき)せき切ってのぼり、寺へ行ってみたら、和尚さまは、竹ぼうきで山門のあたりの落葉をはきよせていらして、

「みなの衆(しゅう)、そんなにあわてて、何ぞ変った急用でもできたんかいのう」

というて、何のこともない顔していらした。集まったもんは、

「ありゃ、また、あの爺さにだまされて騒いだんか。何ちゅう腹の立つことじゃわい」

と、いまいましがったが、どうすることもなく、大笑いになってしもたんやといの。

げな　げなばなしは　うそやげな。

採集　山口久三
再話　石崎直義

うそのつき納め

〔大飯郡〕

　むかしむかし、あるところに、一生の間、うそばっかりいうとった爺さが一人あったやといな。

　この娑婆（世間）の習いじゃろうか、そんなのんきな人間でも、いつのまにやら老いぼれて、息のたえる日が来たといのう。家の者、親類の者など大ぜいが、枕もとに集まり、爺さを見守っていると、しわがれた声でとぎれとぎれに、

「わしも長い間、うそばっかりついてきたので、みんなに申しわけないことじゃった。どうぞ許して下されや。めいわくをかけたお詫びのしるしにしようと思うて、背戸の畑のすみに壺を一つ埋めといた。少いかも知れんけど、中に小判を入れといたさかえ、形見にしてみんなで分けて下されし」

といった。聞いた者はびっくりして、爺さに聞こえんように小さい声で、

「えっ、この爺さまが、いつのまにそんな殊勝（かんしんな）な心を起こしたのやら。よい罪ほろぼしじゃ。それでこそ、極楽往生はうたがいなかろうわい」

というて感心した。みんなは、悲しいやら、うれしいやらでそわそわしながら、爺さの手をなでて、今生（こんじょう）の別れを惜（お）しんだといな。

やがて、お葬式もすませ、七日の法事を営むとみんな集まってきた。爺さの遺言（ゆいごん）どおり、背戸の畑の隅を掘り返してみた。やっぱり壺が一つ出てきた。わくわくしながら、みんながそのふたを開けるのを見守っておった。やがてふたがとられた。中を見ると、すぐに小判が現われずに、上の方に一枚の紙がピタリと置いてあった。何か文字が書いてあった。家の者が一人、手にとって読んでみると、筆太々（ふとぶと）と、

「うそのつき納め」

と書いてあった。みんなあきれてしもたんや。おたがいに顔を見合わせてうなずきながら、

「やっぱり、この爺さまは死ぬまで、うそをつき通したわいのう」

といい合って、その場にぼんやりと立っておったがやといな。

採集　武藤又五郎
再話　石崎直義

殿さまを化かした狐 〔大飯郡〕

むかし、むかし、根来の奥を越したとこに、朽木という殿さんがおらんした（おられた）やといのう。

ある朝、縁先に出て山と谷間の景色を見とらんしたのや。すると、山のきわを流れる小川で、一疋の狐が水鏡にして、自分の顔や姿をうつして、何やらしきりに工夫しとった。そしてちっと（しばらく）との間に人間に化けてしもたやといのう。殿さんがようく見やんしたら、どうも小浜の能の師匠の倉小左衛門のかっこうによく似とるぞと思わしゃった。そしたらふいっと、その人の姿が見えんようになってしもた。殿さんは、

「これはどうもふしぎなこっちゃ」

と思って、お付の家来に、

「さっき、向こうの川で狐めが倉小左衛門に化けとるのを見とどけたぞ。もしも小左衛門が来たら留めておいてな。挨拶をすましたら、つめったり、こそばかしたりして、本物かどうか試してみい」

といいつけさっしゃったやといのう。

こちらは、本物の小左衛門や。そんことを知らんもんだから、ちょうどお屋敷へござんしたのや。家来たちは、そら来たぞと、さっそく殿さんの命令どおりに試しかかってみた。小左衛門は、大そう困ってしもて、

「これはこれは、何をなさる、冗談はお止め下され」

と逃げまわったが、とうとうつかまった。

家来たちは、早く狐の正体を出させようとして、今度は火鉢に生の松葉をくすべて、

「早う、しっぽを出さんか」

なんていって、本とうの狐あつかいにしたのやといのう。だけど、本物の小左衛門やもんで、しっぽを出すはずがないのや。

とうとう、家来たちは、本物とわかったもんやから、殿さんに、

「いろいろと試してみましたが、これは狐ではござりませぬ」

と申し上げたやといのう。すると、

「では、こちらへ通せ」

とおっしゃったんで、小左衛門を殿さんの前へ連れていった。殿さんは、

「その方は、今日、この座敷へ来るまでに、何か変ったことが無かったかな」

とたずねさんした。小左衛門は、腹が立っとったやけんど、

「はっ、何も変ったことはござりませなんだ」

と答えたが、殿さんはなおも、

「いやいや、何かあるやろ、よう思い出いてみい」

と、しつこういわっしゃるもんで、小左衛門は、ちっとの間考えてみた。そして、

「今朝、ここへ参ります途中、谷間のところで、狐が寝ているのを見ました。それで、石を拾って投げつけてやりました。狐はびっくりして山へかけ上っていきました」

と申し上げた。そしたら、殿さんは、

「それじゃわい。今朝、拙者の目の前で狐めが、その方に化けているのを見たんだ。それで、そなたが化け小左衛門かと思うて、家来どもに試させたのじゃ。許せよ。たとえ、狐といえど、何の罪とがの無いのに、石を投げるから、すぐに罰が当たったのだよ」

といって大笑いさっしゃったやといのう。

　小左衛門も、

「どうも軽はずみのことをいたしまして、みなさまにお手間をかけ申して、相すまんことでござりました」

と、あやまったやといのう。

けどなあ、狐に化かされたのは、ほんとうは殿さんの方やったといのう。

おしまい　けっつり　はいだわら　さるのけえつは　ああかむけ。

原話　山口久三
再話　石崎直義

臆病者のけが

〔大飯郡〕

むかし、むかし、村の庄屋（村長）さんとこに滝右衛門という男衆（男の召使）がおったやといのう。この人は、大へん正直者で、ようく働いたので、庄屋さんのお気に入っておった。いっつも、滝右衛門、滝右衛門と呼びつけて、だいじに面倒（世話）を見てやらんしたのや。

ある秋の日のことじゃった。庄屋さんは滝右衛門を連れて、山の畑に行ったやといのう。山の景色は、木の葉が赤や黄に色づいとって、大へんきれいだった。

二人は、いろいろの世間話をしながら畑仕事をしたもんで、大そうはかどり、早くすんだやといのう。それで、庄屋さんは、滝右衛門を連れて家へ帰ることにした。

やがて山を下って、谷川で手足を洗うとったら、滝右衛門が急にでっかい声をたてて、

「あいたたた、あいたたたっ」

と泣き出さんしたといのう。びっくりした庄屋さんは、心配して、

「どうしたい、滝右衛門、どうしたんだ」

と聞かんしたけんど、滝右衛門は足首を手ぬぐいでしっかり巻いて、

「ここが切れた。あいたたた、あいたたたっ」

というて、おいおいと泣くばっかりじゃった。

「さあ、しばらくがまんして、歩かんせ」

というても、

「あいたたた、あいたたたっ。痛うて足が立たん」

というて、一向に立ちあがらんのや。仕方がないもんで、主人の庄屋さんが、男衆の滝右衛門を背中に負うて、よちよちと山から戻らんしたやといのう。

家へ来てから、村のこうしゃな人（物ごとを上手にする人）を呼んで、見てもろたのや。だけど滝右衛門は、

「いたい、あいたた、あいたたたっ」

というて、どうしても痛いところを見しようとせんかった。それを無理やりにおさえつけ、手ぬぐいをほどいて見やんしたといのう。ようくしらべてみるが、足はどっこも切れとらせん。おかしいなあと思うて足を持ち上げたら、まっかな血のように色づいた櫨の葉が一枚、ぱらりと落っちたのや。心配して集まっとったみんなが、この葉が赤いもんで血が出たと思っとったがやとわかった。開いた口がふさがらんような顔して、笑うに笑われず、あきれかえったといのう。

ところが滝右衛門は、やっと安心して、

「ああ、ああ、こいつめが、おらを痛がらせくさったんや」

といわんしたやといのう。
めでたし　めでたし　おしまいそうろ。

採集　山口久三
再話　石崎直義

踊る三毛猫

〔大飯郡〕

むかし、むかし、あるところに三味線ひきのおばさんがあったやといのう。浄瑠璃*かたりや唄うたいの相手をしたり、三味線をひいて義太夫**を教えたりしとらんした。また猫が、大好きで、何年も前から一匹の三毛猫を飼うて、大そうかわいがっておらんした。

あるとき、何となく退屈やったもんで、その三毛猫に一つ踊りを教えてみよかと思うた。だけど、猫に踊りを教えることはなかなかむずかしいことだった。それで、囲炉裏に煎り鍋をかけて、その中に三毛猫をすわらした。その猫はおとなしてようなれておったので、おばさんのするとおりに、鍋の中にじ

っとしとった。そこで、おばさんは、
「みい(三毛ねこ)よ、よいことを教えてやるさかえ、ちっと辛抱せいよ」
といい聞かせて、頭とのどをなぜ(で)てやらんしたといのう。そして、囲炉裏にちいと(すこし)ばかり炭火を入れて、猫の足がやけどせんほどにぬくめさんしたと。

　つぎに、三味線の糸をピンピンとならいてみさんした。そのとき鍋の中が大ぶん熱うなってきたもんで、三毛猫は思わず立ちあがったやといのう。さっそくおばさんは、ジャンジャカジャンジャカ鳴らさんした。それに合わせるように、足のうらが熱うなった三毛猫は、片手をひょいと上げたり、足をぴんとはねたり踊るかっこうしたやといのう。猫の手足の動きに合わせて、おばさんは上手に三味線をひかさんした。三毛が手をあげるとピン、足をはねるとトン、手足をおろすとシャンとならさんしたと。やがて、ちいとばかり踊らしてみて、三毛がこりないさきによいころ見はからって、ひと休みしたやといのう。そして抱きあげて、猫の好物のかつおぶしをかけた飯を食べさせてやらんした。

　こうして、毎日毎日、しばらくの間ずつ、三毛を煎鍋に入れて、その動く姿に合わせて三味線をひくくせをつけさんしたといのう。すると、しまいには、三味線の節覚えてしもて、煎鍋の中に入れんでも、ひとりでに踊るようになったのや。かんしんなことにゃ、おばさんがジャンジャカジャンとひくと、三毛はちゃんと立ち上がって踊りの用意をする。そして、ピンとひくと前足をあげて招くかっこうをするし、トンとならすと足をはね上げるし、シャンとならすと手足をおろすようになった。これをくりかえして三毛猫の踊りが仕上がって、ひどい上手に踊るようになったと。このひょうばんが広まって、あっちこっちから、三毛猫の踊を見せてくれとたのんでくるようになったといのう。

だけど、世間の人が、

「あの猫が、あまり人間のまねしてなれすぎると、しまいにお化け猫になるさかえ、用心せんならん」

というておとろしがったので、おばさんだけのたのしみにしとったといのう。

げな　げなばなしは　うそやげな。

＊　浄瑠璃　三味線に合わせてかたる語りもの。
＊＊義太夫　竹本義太夫という人がはじめた浄瑠璃の一種。

採集　山口久三
再話　石崎直義

狐に憑かれた婆さん

〔大飯郡〕

むかし、今から百年ほど前、明治のはじめごろにあったやといなあ。
大飯町本郷の市場村のある家の婆さんが、ある日に、にわかにへんてこな（奇妙な）病気にかかったやといのう。高い熱を出いて、しきりにうわごと（熱にうなされていうばかげた言葉）をいうて苦しんだんや。家の者はびっくりして、医者さまにみてもろたけど直らん。あっちこっちの神さまや仏さまにお祈りしても、ちっともききめがない。それで仕方なく、おがみやさん（呪いする人）を呼んできて、呪いしてもらったんやとい。

おがみやさんは、病人の部屋に入って、しばらく婆さんの顔をみてから、何やらかやら呪文（呪いことば）をとなえたんや。それから、やおら、おとろしい顔つきをしてなあ、はったと、周りにいた人たちをにらみつけ、

「われこそは、茶屋谷の稲荷大明神なるぞ。これなる婆は、しばしばわれをないがしろに（ばかに）して、御座所（おみや）を荒らし、無礼をしてかえりみぬ（へいきでいる）により、その戒めのため、われはこの婆を苦しめるものなり。直ちに平生の悪行を悔い改めて、お供物を厚う

（たくさん）し、われを祀（まつ）れ。しからば、われ、これを許すこともあろうぞ」

と、けわしく申（もう）しわたしたんやといのう。

　さあ、大へんなことになったのや。みんなは、これは茶屋たんばば（茶屋谷にすんでいる老狐）が憑いたのだということにして、親類じゅうが集って大騒ぎや。婆さんの身体が熱のために、ときどきぴくぴくすると、

「茶屋たんばばが憑いとるのはここじゃ、ここじゃ」

というて、ぴくぴくするとこへ、艾（もぐさ）（灸（やいと）に使う草の名）をのせて灸をすえたんや。顔でも手でも、ぴくぴくするたびに、所かまわず灸をした。婆さんはひどい苦しがったが、茶屋たんばばを追い出すのに、灸が一番よく利（き）くと信じたんやといのう。婆さんの身体は、灸のあとだらけになって、目もあてられんほど荒れたんだったそうなっだけど、どれだけ灸しても、ちょっとも直らなかったんや。

　そのうちに、ある利口（りこう）な人がいうたと。

「こりゃどうも灸なんかすえてもらちゃかんわい。やっぱり、おがみやさんのいうたとおり、悔い改めて、お供物をたんと持っていって祀るんじゃ。それを守らなんだから、なお悪いんや」

「そんなら、どうしたらよいがじゃ」

いうたら、

「狐の大好きな油揚（あぶらあげ）を持って、家の者・親類の者どももみんなで、茶屋谷まで稲荷大明神をお

送りするんじゃ。そして、『平生の悪行を悔い改めい』といわれたんだから、本人を一しょに連れてお送りさせんならん」

ということになり、高い熱でうなされている重病の婆さんをむりに歩かせて、一同がお供をしてぞろぞろと茶屋谷の方まで送っていったんやといのう。そして油揚もたんと持っていってお供えして、そこへ行ったと。

うわごとをいって、身体をぴくぴくさせている、熱病の婆さまは、家から茶屋谷まで、十町（一・一キロメートル）歩かせられたもんじゃから、どんなにひどうて苦しんだやら気の毒じゃわい。何でも、そのひどがっている顔やその恰好（かっこう）はおとろしいもので、見た者はみんなぞっとさせられたんやといのう。

それでも、幸（さいわ）いなことにゃ、そのあとになるとまもなく、熱病が直ったそうな。だが、婆さんの顔や身体の災のあとはそのまま残り、みともなくておとろしかったといのう。

おしまいけっつり　はいだわら。

原話　山口久三
再話　石崎直義

首まきそうめん

〔大飯郡〕

むかしむかし、あるところに一人のむすこがあったやといのう。はじめて町へ見物にいったやといのう。あっちこっちめずらしそうに見てあるいて、いろいろのことをおぼえておったやといのう。

昼になったんで、茶屋でべんとうを食とったやといのう。するとほかのお客が、おくの方で、

「そうめんのしっぷくをくれ」

と注文したやといのう。そのむすこはまだそうめんのしっぷくというもんを知らなんだので、どんなもんやろと思うて、じっとう見とったやといのう。そしたらそのお客は、そのしっぷくをさかなにして、お酒をのみもって、相手のお客とそうめんの曲食い(きょく)をしたりして、おもしろがっとったやといのう。そうめんをはしにかけて、ずうっと高う上にあげてえ、自分の首のぐるりをくるりとまわして、するするするっと呑みこむあんばいは、とてもじょうずで大へんおもしろそうに見えたやといのう。

「ハハア、そうめんというもんは、ああいうふうにして食うもんかあ」

と思うてかんしんしてしもたやといのう。それからもまだあっちゃこっちゃを見て、日のくれ前に家にもどって、きょう町で見てきたおもしろいみやげ話をしてきかしたやといのう。

二、三日あとに、ある家で法事があってよばれていったやといのう。そしたら、そこのごっつぉうの中にそうめんのしっぷくがでたやといのう。町で見てきた腕前を一つみんなに見せたろと思うて、やにま(わ)にそうめんをはしにひっかけたやといのう。ところがなかなか思うようにつーっと上らんやといのう。何べんも何べんもやりなおして、つーっとのびたときに背のびして首を長うのばして、その首のぐるりへくるくるっとまいたやといのう。そして食おうとしたやけんど、首にべたべたひっついたりして、てぎわようつるつるといかん。何べんしても失敗ばっかりで、そこら中はしっぷくの汁やら、そうめんのちぎれたんがまきちらかって大そうどうになったやといのう。あつこ(さんざんに)どみんなに笑われて大はじかいて、ほうぼうのていたらくで家へもどってきて、

「首まきそうめん、ほっこりほっとしました」

というたやといのう。

おしまい　けっつり　はえだわら、さぁるの　けぇつぁ　まっかっか。

はなし・採集　山口久三

化けの皮あらわしたたぬき

〔大飯郡〕

むかし、むかし、あるところに婆(ばあ)さんがひとりで住んでおらんしたやといのう。

ある晩、寒かったもんで、いろりに火をたいて、苧(お)うみ（麻の皮を細い糸にほぐしてそれをつなぐこと）をしとったと。すると、まだ見たことも無い、どっかの爺(じい)さんが遊びに来たので、火にあたりもって（ながら）、仕事しながら四方山(よもやま)ばなし（あっちこっちのいろいろな話）をしておったんや。婆さんは一人でいるのがたいくつだし、淋(さび)しかったもんで。

〈どこの誰やろ〉と思うたやけんど、面白い話聞かせてくれるもんで、つい相手になっとったやといのう。そして夜がふけると、爺さんはいなんした（立ち去る）のや。それからは、毎晩、遊びにござんしたやといのう。だが、何となく、〈ふしぎな人やなあ〉と思われてきたんで、気をゆるさんように用心しとったって。

ある晩、いつものとおり、爺さんがござんして、お茶を飲みながら話相手になっておった。そのうちに、爺さんは火にあたってぬくう（あたたかく）なったもんで、つい、うとうとといねぶりしやったといのう。そしたら、坐っとる膝(ひざ)ぼん（ひざがしら）のあたりから、何やらおかしなもんが、だ

んだんとひろがってきて、いろりぶちまでのびたやといのう。婆さんは、

「こりゃへんだぞ、むかしからよく聞いている、『たぬきの睾丸八畳(こうがんはちじょう)じき』ちゅうもんかも知れんぞ。まてまて、こうしてためしてやろ」

と思うて、いろりの燠火(おきび)のちっちゃいのを一つ、火箸(ばし)でつまんで、そのおかしなものの上に、ぽとんと落としたやといのう。ほしたら、爺さんはびっくりして眼をさまいて、

「あちちち、あちちち……」

と大声あげて熱がったんや。そして、

「人間ちゅうもんは、ひどいことをするもんや。こりゃ大へんだぞ」

といったかと思うと、化けの皮をはがれて、太い尾んびを出して、ほんまのたぬきになって、こそこそといんで(行って)しもたやといのう。それからはもう、こんようになったんやと。

おしまい　けっつり　はいだわら、さぁるの　けぃつは　あぁかむけ。

原話　山口久三
再話　石崎直義

小心者がかいた恥

〔大飯郡〕

　むかし、むかし、若狭の殿さま、忠園公の時代やといのう。家老に、青山主膳茂視という人がおらんしたが、この人はものごとがようできる人で、何でもすぱっと決断する、有名な家来であったって。

　あるとき、江戸にあるお屋敷から、兎血丸という漢方薬を調合するために入用だから、兎の血をとって送れというてきたんやといのう。さっそく、御用人の嶺尾甚左衛門信秀に命じて、血をとる準備にかかりました。ところが、容れものを何にしたらよいかと、ちと迷うたもんで、青山主膳にたずねました。

　すると、主膳は、直ちにこともなげに、

「新しい徳利がよろしかろう」

というたから、

「ほかのみなのものは、兎の血が器の中でかたまった時、出しにくかろと申しまするが、いかがなものでござりまするか」

「そりゃ造作（ぞうさ）もないことじゃ、そんな時は徳利を割って出せばよろしかろう」

といわれたので、ほんとにそうじゃと気がついて、甚左衛門は頭をかきながら、

「なるほど。恐れ入りました。そこに気がつきませんでした」

と用人部屋（べや）へ戻ってきて、同役の者に、

「自分のような小心者の根性が恥ずかしい」

と、顔赤らめて大笑いしたんやといのう。

原話　山口久三
再話　石崎直義

文字問答 〔大飯郡〕

むかし、むかし、あるところに仲のよい友だちが隣り合って暮らしとったといな。一人はあんまり学問の無い人だし、一人はちぃとだけ物知りの人だったと。

あるとき、学問の無い人が、なんやら手紙を書いとったのや。そのうちに、だしぬけにでかい声して、隣りのちぃと物知りの人に呼びかけて、

「となりのとっつあん、おらんすかあ」

というたら、

「おうい、おるぞ、何ぞ用か」

と答えてきた。それで、

「ついたち（一日）のたちの字は、どう書くんやったいなあ。わからんで教えてくれ」

と問うたら、こんどは、

「箱（はこ）して、釘（くぎ）一本や」

と答えたが、もう一度問い返してみた。

「内にか、外にか」

「内にや、内にや」

それを聞いて、筆で長四角い形の箱書いて、内がわに釘一本を横棒で書いて、日という字ができて、やっと一日（ついたち）と書けたといな。

また、ちょっと間（ま）すると、

「となりのとっつあん、もひとつ頼（たの）む」

と、でけ（か）い声で問うたってえ。

「おおめつけ（大目付）（見張りする頭役（かしらやく））のめの字は、どう書くやいのう。」

「箱して、釘二本や。」

「内にか、外にか。」

「こんども内にや、内にや。」

そこでまた、長四角い箱の形書いて、内がわに釘二本を横棒で書いて、目という字ができたんやといのう。

こうして、どうやらこうやら、学問の無い人が手紙を書いて出したやといな。

もうないそうろう。

原話　山口久三
再話　石崎直義

けちんぼの上手(うわて)

〔大飯郡〕

むかし、むかし、それはそれは、大へんなけちんぼ(物惜(お)しみのひどい人)の人がおったやといのう。神さん棚(だな)やお仏壇(だん)にお灯明(とうみょう)をあげるのにも、ローソクや油は使わんと、火打(ひうち)石と火打金を、ケチンケチンとすり合わせて、

「そら拝(おが)め、そら拝め」

というて、チカッチカッと光るときに、手を合わせて、あわてて拝むようにしとったやといのう。

ある晩、となり村の男がたずねてきたんやといのう。この男もまた、けちんぼな男に負けんぐらいしみったれ(物惜しみする人)やったと。晩やいうのに、火もつけんし、いろりに火もたかんし、まっくらがりの中に会うたがや。そんなことして、二人は忙(いそが)しいさかえいうてえ、大急ぎで、用事をちとばっかり話しとったてえ。

やがて用事がすんだもんで、そのしみったれな人がいなんす(かえっていく)ことになったやといのう。すると、けちんぼは、

「はきもんをまちがうなよ。暗うて分らんやろな」

というて、また、火打石と火打金をすって、ケチンケチンと火を出そうとしたやといのう。

すると、しみったれな人は、けちんぼに向こうて、

「なんを、もったいないことするんやね。そんなむだなことをするな。わしゃ、はきもんをまちがわんようにと思うて、ちゃあんと、はだしで来とるわいや」

というて、たしなめたやといのう。いくらけちんぼでも、上に上手(うわて)があるもんじゃ。

おしまい　けっつり　灰だわら。

原話　山口久三
再話　石崎直義

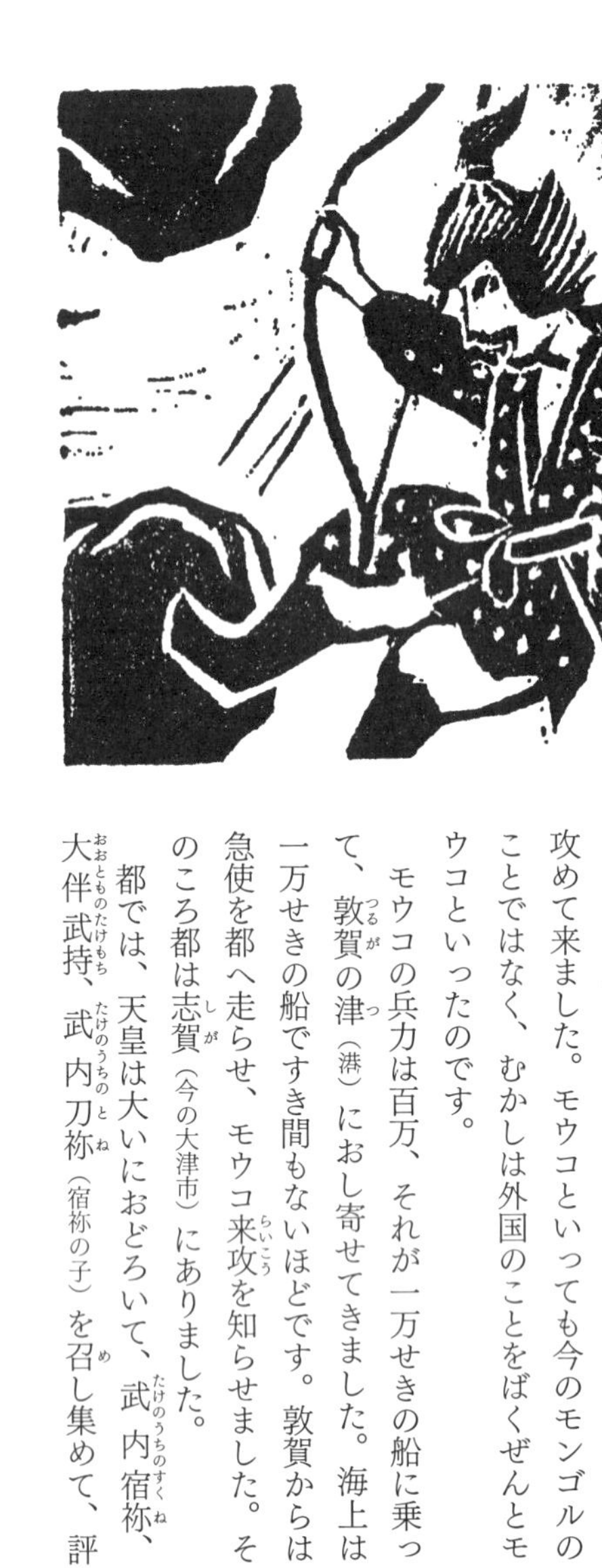

もうこ来攻

〔敦賀市〕

一

むかし仲哀天皇のとき、モウコの大軍が日本へ攻めて来ました。モウコといっても今のモンゴルのことではなく、むかしは外国のことをばくぜんとモウコといったのです。

モウコの兵力は百万、それが一万せきの船に乗って、敦賀の津（港）におし寄せてきました。海上は一万せきの船ですき間もないほどです。敦賀からは急使を都へ走らせ、モウコ来攻を知らせました。そのころ都は志賀（今の大津市）にありました。

都では、天皇は大いにおどろいて、武内宿祢、大伴武持、武内刀祢（宿祢の子）を召し集めて、評議しました。

　武内宿祢は、

「モウコの軍が都へせめはいらない前に、こちらから官軍を敦賀の津までさし向けた方がよろしい」

と申し上げました。

　敦賀から都へせめはいるには二つの道があります。びわ湖の東側を通る道と、西側を通る道です。むかしそれを、東近江路、西近江路といっていました。モウコはどちらの道を通って来るかわからないので、官軍を二手に分けて、西近江路には、大伴武持を大将として五万の兵をさし向け、東近江路には武内宿祢、武内刀祢親子を大将とし、軍兵八万をさし向けました。天皇は両方面の官軍の総大将として、武内宿祢の軍とともに東近江路を進まれました。

　両方面の官軍はとちゅうで敵に出会うことなく、東側の官軍は、越前の刀祢（現在の敦賀市刀根）まで、西側の官軍は、越前の山中（現在の敦賀市山中）まで着きました。そのころ刀根はまだ人が住んでいなくて、ただ樹木がしげる谷でした。それで武内刀祢は、手勢の兵をつれて、草木を切り除き、仮りの住まいを建てて、天皇をはじめ軍勢をここに休ませました。この後ここが人里となり、武内刀祢が開いた所であるというので、村の名を刀根と名づけました。

　同じころ、モウコ軍は敦賀に上陸し終わって、これから都へ攻め入ろうと、西近江路を進み、荒血山（有乳山とも書く）のふもとまできていました。大伴武持は、山中村でこれを知り、軍勢を荒血山の尾根に登らせ、大きな石を引き起こして、すき間なく谷へ落としました。谷間にいたモウコ軍は、この石にあたり、バタバタとたおれました。残りの者はおそれをなして、にげ去りました。モウコ軍は石に打たれて血を流し、そのため山道は頂上からふもとまで、血の色でまっかになりました。そのいわれでこの山を今も荒血山というのです。

二

荒血山の合戦で敗れたモウコ軍は、矢田野（現在の敦賀市麻生口）まで退いて陣を構えました。官軍は東西両方面の軍が合体して、矢田野の敵を攻めることにしました。武内宿祢は、兵に命じて矢田野の三方から火を付けました。時はちょうど二月で、枯れ草がよく燃え、野原は一面の火となり、モウコ軍が陣どった足もとまで燃えて来ました。モウコ軍は進むことができず、野のはなまで退きました。官軍はこれを見て、矢先をならべて、いっせいに矢を射かけました。そのため一矢でふたりも三人もたおし、から矢は一つもありませんでした。この合戦でモウコ軍は多数の兵を失ったので、敦賀の津までにげ帰り、もとの船に乗って、海上一里（四キロ）ばかりのところにこぎ出て、そこでいかりをおろし、船をならべていました。

矢田野では、官軍が矢種をおしまず矢を射たので、矢が田の中に数知れず落ちてつき立ちました。それ以来この野を矢田野というようになりました。

この矢田野には、くつわ虫畑という旧跡があります。毎年数千びきのくつわ虫がこの畑に集って来て、夏から秋まで鳴きとおす様子は、数万の軍勢のくつわの音のようです。これは当時の戦の状況を末代まで知らせようとする神の力によるものです。

三

武内刀祢はたいへん知恵のすぐれた大将でした。官軍六千人を二手に分けて刀根と杉箸（現在敦賀市杉箸）の谷に向かわせました。刀根では竹をわって輪をつくり、竹の葉を千鳥がけ（斜めに打ちたがえてかける）に編み、竹のさらをつくりました。竹ざらは当時の食器でした。一方杉箸では、すぎの木をわってはしをつくりました。さらとはしをあわせて何万という数になりました。これを一度に川へ流しました。竹ざらとすぎばしは、川を下って海へ流れ入り、海上すき間もないほどに浮かびました。これを見たモウコは、川上に数万の軍兵が集まっていると思い、おそれをなしました。

四

敦賀の気比神宮は、気比大明神を祭っております。この気比大明神はわが国を敵軍の侵略からまもろうと思われ、この夜、一夜のうちに数千本の松を海岸に生じさせました。これが今の気比の松原です。するとどこからともなく数万の白さぎが飛んで来て、その松原の松の枝ごとに、むらがりとまりました。モウコ軍は海上遠く船の上からこれを見て、松原を数万の大軍の陣屋と見誤り、白さぎをその軍勢が立てた旗がなびくものと思いこみ、これはきのう川上にいた軍勢が浜べまでおし寄せて来たのであろうと考え、船のいかりをあげ、沖の方へ退いて、五幡（敦賀市五幡）の沖あたりに船をならべました。白さぎは気比大明神のお使いの鳥です。

五

敵の船が五幡の沖に移ったので、官軍も軍勢を敦賀の東に進め、五幡のあたりに陣を構えました。そのころは、このあたりにまだ人里がなく、五幡という地名も、武内刀祢がうしろの山に五か所の陣地を築き、五本の幡(はた)を立てたので、それが村の名になったのです。

敵軍は、五本の幡がひるがえるのを見て、五幡の浜べ目がけて、一万そうの船をならべて、どっとおし寄せて来ました。

武内刀祢は、さてこそ敵の来襲(らいしゅう)と、山の上の陣地から、馬に打ち乗り、軍勢三万を引きつれ、一気に山をかけおりました。モウコ軍は、鉄輪(てつりん)という名の大将を先頭に、大軍をひきいて、浜べから山へおし上がって来ました。刀祢は坂の上に立ち上り、五人張りの弓をひきしぼって、つる音高くひきはなせば、矢はぴゅっと飛んで、まっ先に進む敵の大将鉄輪の首の骨を、左の耳のわきから右のかた先へ、射通しました。さしもの剛(ごう)の者鉄輪も、急所を射ぬかれ、あっという声とともに大地にたおれました。

刀祢は、馬からとびおり、大刀(だいとう)をふりかざして敵軍を追い払い、鉄輪の首を打ちとりました。それでこの坂を今も頸取(くびとり)坂といっています。

武内刀祢は、鉄輪の首を刀の先につきさして、山の頂上にかけ上り、

「モウコ軍のものども、よく聞け。おまえらは、もうわが軍にかなわない。大将鉄輪の首は打ちとった。これだ、これだ」

といって、二、三度ふりあげて見せました。

モウコ軍は、浜ぎわで評議して、

「この数日の合戦で勝を得ることができなかった。そのうえ、大将まで討ち取られては、かなわない。急いで本国へ引きあげよう」

と、一万せきの船に乗って、沖へこぎ出しました。

六

仲哀天皇のおきさきを神功皇后(じんぐうこうごう)といいます。皇后は敦賀の気比の宮でるす番をしておられましたけれど、戦(たたか)いを心もとなく思われ、船を出して、松が崎という所まで来られました。そこから天皇のもとへ使いを出して、

「戦(いくさ)のもようが心配なので、わたしもここまで参りました。そちらへいってお手伝いしましようか」

とたずねられました。

天皇は、

「神妙なことであるが、女の身で軍中へ来ることは無用である。その場所で陣(じん)をひいておれ」

と答えられました。それで皇后は松が崎の谷に陣を構えておられました。その所を今も常宮(じょうぐう)谷といいます。常宮とは神功皇后のことです。

モウコの船が、本国へにげ帰ろうとすると、天気がにわかに変って、南からはげしい風がふ

き、黒雲がわき起こって、かみなりがおびただしく鳴りました。すると常宮谷から九ひきの竜(りゅう)が、雲に乗ってあらわれ、モウコの軍船の上に来て、いっせいに口から黒雲をはいたので、大海はまっくらになりました。次に竜は口から熱電をはき出したため、海上は燃えたち、モウコの軍兵は船の底に打ち伏して、生きた心地がありません。その次に竜は、天から海中にとびこみ、大波を荒立てたので、モウコの船は、あるいは破損し、あるいは逆波(さか)にひっくり返り、死者は数知れぬほどでした。残った船はようやく、本国ににげもどりました。これみな気比大神宮のはたらきであると、人々は申しました。

再話　杉原丈夫

地底の国〔敦賀市〕

敦賀市の横浜(よこはま)に岡崎山という山がある。この山が海に面した所は、高いがけになっていて、その下に岩穴(あな)がある。ここにはじゃ（蛇）がいるといって、だれも近寄る者がない。

むかし、八蔵(はちぞう)というさむらいがいたと。ウという鳥を捕(と)らえようと思って、この岩穴の上のがけを、つたい歩きしていると、あやまって、さしている刀を落としてしまった。刀は海の水の中をひらひらとただよいながら、この岩穴の中へ流れこんでしまった。

八蔵は、刀を失うのをおしく思って、海を泳いで、岩穴の中へはいった。穴の口は小船がやっとはいるほどの大きさである。曲がりくねった水路を泳いでゆくと、やがて広い所へ出た。海の深さは人のたけぐらいで、底には玉をしいたように石が一面にならんでいる。

さらに進むと、穴が狭くなり、明かりもない。牛の毛がはえたような岩があり、ふく風も生ぐさい。そこを通りすぎると、水がなくなった。人が身をかがめてくぐれるほどの小さい穴があるので、その中へはいっていった。

このようにして、暗やみの中を三日三晩(ばん)ばかり歩いたら、向こうの方に少し明かりが見える。

その明かりを目あてに行くと、夜が明けたように明かるくなり、広々とした国へ出た。家もあり、人もいる。けれども人の姿(すがた)は鬼(おに)のようにおそろしい。

八蔵は、

「さては、地獄(じごく)へ来たのか」

と思うた。

それでも、どんどん進むと、広場があり、宮殿が建っている。

「ここは国の役所やろう」

と考え、中へはいった。

正面の上座に大将らしい人がすわっており、左右(さゆう)に随身(ずいしん)がふたりいて、そのほか多数の役人らしい人が列座している。大将らしい人は浄衣(じょうい)（白い狩衣(かりぎぬ)、神主さんの着ているような着物）を着、立えぼし（かんむり）をかぶっている。

大将は八蔵を見て、

「ここは人間の来る所ではない」

といってしかり、家来の者に、

「この男をすぐとらえて、ろう屋に入れよ」

と命じた。

八蔵は、

「ちょっと待ってください。わたしがここに来たのは、刀をさがしに来たのです。先祖から持ち伝わったたいせつな刀が海に落ちて、この岩穴にすいとられたから、それを取りもどしに来たのです。刀さえ返していただけば、すぐ出ていきます」

と弁明した。

　それでも大将はききいれず、八蔵をなわでしばりあげた。八蔵は、

「こうなっては、日ごろ信仰している観音さまにおすがりするよりほかはない」

と考え、普門品を声高らかに読み上げた。

　すると大将をはじめ、一座の人は、急に姿勢を正し、上座からおりて、八蔵のなわをとき、

「観音信者とは知らず、失礼しました」

といって八蔵に敬礼をした。失った刀もどこからか持って来て、八蔵の前に置いた。

　八蔵は、刀をもらって、宮殿を出たけど、帰り道がわからない。

「どうしよう」

と思いながら、あちこち歩いていると、奥の方からかすかに鐘の声が聞こえる。それをたよりに走って行くと、大きな野原に出た。右左に道があったけれど、ただ鐘のひびきをしるべに、まっすぐに走っていった。

　あまり走ったせいで息が切れた。ちょうど小さい池があるので、水を手でくみあげて、息をついた。しばらく休んで、あたりを見回すと、山の姿や川の流れが、まぎれもなく、自分の国の杉津浦のお寺のほとりである。

「やれやれ、仏のおかげで助かった」

と、むねをなでおろした。
八蔵は後に、岡崎山のふもとに神社を建て、その刀を神さまとして祭った。

再話　杉原丈夫

百本の五徳 〔敦賀市〕

敦賀（つるが）市の奥麻生（おくあそ）の入り口に、おとめの滝（たき）というたきがある。むかし、このたきのふち（淵）にじゃが住んでいたと。

そのころ、この村にかじ屋があった。かじ屋のむすめは美しいので近在に知られていた。おとめの滝（たき）のじゃは、このむすめにけそう（ほれこんだ）した。

それでじゃは、若者に化けて、毎晩（ばん）かじ屋をおとずれ、

「むすめさんを、ぜひわたしのよめにくれ」

とたのむのやと。

かじ屋が、若者を注意して見るに、この若者は、ともし火で照らされても、かげがうつらない。かじ屋は、

「さては人間でないな」

と気づいたのやと。

「相手がじゃでは、へたな断り方もできない」

と思って、断る口実を考えたすえ、ある晩、

「そんなにいうなら、むすめをやってもよい。だけどわしの家は代々かじ屋や。かじの腕(うで)ききでないと、わしんとこのむこにはできん。おまえがむこになりたいなら、一夜のうちに百本の五徳(ごとく)（火ばちの中にいれ、鉄びんなどをかけるもの）を打ってみい。一本でも足りなければ、だめや」

と、若者にいうたのやと。

　若者は、

「そんなことなら、わけはない」

といって、すぐ仕事場におり、五徳を打ち始めた。トンテンカツ、トンテンカンと打って、九十九本になってしまった。

　かじ屋はおどろいて、鶏小屋へ走った。にわとりは、かじ屋が手にしていた明かりを見て、夜が明けたのかと思い、一声高く一番どりが鳴いた。

　若者は、

「あと一本というのに」

とくやしがったが、そのまま姿(すがた)を消して、二度と来なかったと。

再話　杉原丈夫

竹藪から出た化けもの 〔敦賀市〕

むかし、泉村（もと泉区）に、通称（ふつうの呼び名）九右衛門辻子という小路があって、めくら川というどぶ川が横切って流れていた。そこに、半分ほど朽ちた土橋がかかっており、渡ると小路をはさんで、左手は浄泉寺のこんもりとした竹藪で、右手は良覚寺の乱塔場（お墓場）になっていた。昼でも、通ると薄気味の悪いところであった。それだから、雨の夜などここを通りかかると、竹藪のくらやみの中から、薄気味悪い声で、何物かが、

「下駄貸そかあ、傘貸そかあ」

と呼ぶので、日が暮れると、みんなこわがって誰も通る者がなかったと。

ある雨のしょぼしょぼと降る晩だったと。

泉村の彦三郎が、宮内村の親類に招かれてご馳走になり、酒に酔ったきげんで、夜更けの雨に濡れながら千鳥足（よろよろ歩き）で、この辻子小路を通りかかると、竹藪の中から、やっぱり、

「下駄貸そかあ、傘貸そかあ」

と呼びかける者があった。〈さては、うわさに聞いていたお化けが出てきたな〉と思ったが、酒に酔った勢で、日ごろはあまり肝玉の太くない彦三郎が平気で、

「おう、下駄も傘も貸してくれ」

と答えたという。すると、がさがさこそこそと音がして、藪の中から一本の唐傘と一足の高下駄がひょいとおどり出てきた。彦三郎は、その下駄をはき、唐傘をさして鼻唄をうたいながら家に帰ってきた。そして女房に向かい、

「今夜、浄泉寺の竹藪の化物から下駄と傘を借りてきたから、明日の朝早く返しておいてくれよ」

といって、そのままごろりと横になって、ぐうぐう寝てしまった。女房は、気味悪うて何か恐ろしうなり、布団を被って一晩中ふるえていたそうな。

あくる朝、彦三郎の女房は夜が明けたので起きて、化物から借りたという下駄と傘を見ようとしたら、土間に馬のわらじ一足と馬の脚の骨が一本ころがっていたので、またもやびっくりしてしまったと。

村の人たちは、そのお化けは、めくら川にすむカワウソの悪さだろうといっておったそうや。いまでは、その辻子小路のあたりは、都市計画で、様子がすっかり変ってしまい、そんなお化けが出たと思えないと。

採集　中道太左衛門
再話　石崎直義

川太郎がくれたお礼〔敦賀市〕

敦賀地方では河童（かっぱ）のことを川太郎と呼んでいる。

むかしは、村の家々では、便所は母家（おもや）とは別のところに建てた。そして、家の戸口から少し離れておった。それで、川太郎が時々、便所に忍（しの）びこんできて、用便をする人の尻を撫でることがあった。そのために、女や子どもらは、夜中に外にある便所へ行くことを大そうこわがっておったと。

ある夜のことだったたと。出口奥右衛門が、家の外の便所へ行き、用便しようとして裾をめくってしゃがんだ。すると、踏板（ふみいた）の下から毛むくじゃらの冷い手で、尻を撫でるやつがおった。肝玉の太い奥右衛門は、す早くその腕（うで）を引っつかんで手許に引寄せた。そして、用意しておいた脇差し（腰にさす小さな刀）で、肩からさっと切り落とした。怪物はギャアと悲鳴（ひめい）をあげて、どこかへ逃げ失せた。その腕をよく見ると、猿のものに似ているが、手の指の間に水掻（か）きがあったので、川太郎でないかと思った。

あくる日の晩だった。奥右衛門が寝ていると、寝間の外で、何者かの呼び声がしたので、縁側の雨戸をやや開けてみると、生臭（なまぐさ）い匂いがして、沓脱（くつぬ）ぎの上に、怪しい生きものがうずくまっていた。奥右衛門は、

「貴さまは何者じゃ」

と問うてみた。その生きものは、

「私は、昨夕、腕を切り落された川太郎でござります。貴方さまに片腕を切り落されたために、水の中を自由に泳ぎまわることができなくなりました。どうぞあわれと思うて、切られた腕を返していただきとうござります。お願い申しあげます」

といった。奥右衛門はしばらく考えてから、

「さようか。これからは、決して人間に悪さをしてはならないぞ。人間を水の中へ引き入れてお尻の肛門を抜いたり、陸（おか）へ上がってきて女・子どもにいたずらをしないと約束できるか。それを誓（ちこ）うならば、昨晩切り落した片腕は返してやってもよい。しかし、一度切り落された腕を返してもろうても、役に立たぬのでないかな」

というと、川太郎は、

「おっしゃるとおりにします。今後は決して人間に悪さをいたしません。仲間の者にもよくいいきかせますからどうぞかんべん願います。切り落とされた片腕を返して下さらば、私たちの方に大そうよくきく、ふしきな疵（きず）薬がありますから、それを用いて肩につぐことができます。なお、その薬は、どんな疵でも火傷（やけど）でもなおします」

と、何べんも頭を垂れて頼んだので、可哀（かわい）そうになって、切り落とした片腕を返してやった。

すると、川太郎は、お礼のしるしにといって、ふしぎな妙薬の調合の仕方を詳しく教えて、川へ帰っていったと。

むかし、出口家には、蔵の二階の棟木に、烏賊の甲羅とその黒ずみと思われるものの固まりが、油紙に包んで吊してあったといい伝えている。

採集　中道太左衛門
再話　石崎直義

金魚に取憑かれた若者 〔敦賀市〕

むかしむかし、敦賀の浜、浦底(うらそこ)の里に大きな池があって、たくさんの金魚がすんでいましたと。

池の水はすみとおっており、赤・白・斑(ぶち)の美しい金魚が、長い尾びれをひらひらさせているようすは、この世のものと思われず、とり憑かれる*ほどでした。いつまでも見とれて、しまいには誰でも、金魚を捕えたくなりました。それだけれど、村では、としよりたちが、

「あの池の金魚は、けっして捕ってはならんぞ。あんなに美しいのは、池の主のお使いのものだからさ。もし捕ったら祟(たた)りがあってひどい目にあうぞ」

と、いい伝えてきましたと。そのため、池のふちへ近よるのさえこわがっていましたと。

ある日、漁師の猪之助(いのすけ)という若者が、この池の端(はた)を通りかかり、ふと池の中をのぞいてみました。美しい尾びれを動かして、彩(いろど)り光る金魚の群に思わず見とれて、立ち去ることができなくなりました。すると、池の中から哀(かな)しそうな歌声が聞こえてきました。それに合わせて金魚たちが踊っていました。

出たいな　出たいな
この池を
早く出たいな　いきたいな
海を渡って竜宮へ
月夜の晩にいきたいな

猪之助は、じいっと歌声を聞いていたが、金魚がかわいそうになってきましたと。

それからは毎日、猪之助は、老人たちから聞いた池の主の祟りのこわさも忘れて、池をのぞきにいきました。それを知って、近所の人たちは、

「これこれ、猪之助よ。どうしたんだ。あの池へは行くでないぞ。しまいに金魚を捕ったりしたら、大へんだあ。命が無くなるぞ、命が無くなるぞ」

といって引きとめましたが、とうとう猪之助は、池の金魚にとり憑かれて、雨が降っても風が吹いても、池の金魚をのぞくのが、一ばんの楽しみになりました。

十五夜の美しい満月の晩でした。猪之助は、池へ行ったまま、帰ってこなくなりました。村の人たちが総出であちこち探しましたら、池の西の岸べに、猪之助のはいていたぞうりが見つかりました。みんなは〈猪之助が金魚の精にとり憑かれて、水の中へは入っていったのにちがいない〉といいあいました。

ところが、ふしぎなことにはそれからのちは、池の中に金魚が一ぴきもいなくなったそうです。金魚の歌声を聞いた猪之助が、十五夜の満月の晩に金魚を連れて、やはり竜宮へ行ったの

でしょうか。

＊とり憑かれる生き物の精霊が人げんに乗りうつること。

採集　笠原一夫
再話　石崎直義

松原のお辰狐

〔敦賀市〕

むかしは、あちこちの山や野原に狸（たぬき）や狐（きつね）が住んでおって、人をよくだましたそうな。

気比（けい）の松原に、お辰（たつ）という牝狐が住んでいて、ときどき、通る人を化（ば）かしておりましたと。ある日の夕方、木崎村の助十（すけじゅう）という男の人が町へ用達（ようたし）にいくために、この松原を通りかかりました。すると、道ばたの草の茂みの中から一尾（ぴき）の狐がぴょんと跳び出してきました。あたりをきょろきょろ見まわしながら、松の落葉をつかみ拾うて頭にのせ、後脚（あとあし）で砂をけって自分の身体にパアッとかけた。見ているまに、桃まげに結った、十七、八歳の、とても美しい娘の姿に化けていましたと。

じいっと見ていた助十は、
〈ははあん、狐のやつめ、若い女に化けよって、この俺を化かすつもりらしいな。どっこい、貴さまのようなけだもんにだまされてたまるもんかい〉と思いながら、狐が何をしでかすやらと、後をつけていき、見とどけることにしました。

なおも見ていると、狐の娘はちょこちょこと二あし三あし歩いていき、道に落ちている馬の糞を拾うと牡丹餅にして、たちまち重箱包みに変えました。それを持ってすたすたと歩き出しまました。助十は、
〈はてな、はてな、狐の奴めはいったいどこへ行くのじゃ〉と怪しみながら、後をつけていくと、ある一軒の家にはいっていきました。助十は、こりゃおかしいぞと思って、その家の入口の腰高障子に指で穴をあけ、そおっと中をのぞいてみました。

家にあがりこんだ狐の娘は、すました顔して、馬の糞をつめた重箱包みを、その家のお内儀さんに差し出して、二人で何やらしきりにしゃべっていました。助十はびっくりして、大きな声で、
「もしもしお内儀さん、その重箱の中の牡丹餅は馬の糞やから、食べたらあかんでえ」
とどなりました。

だけど、それが聞こえぬらしく、お内儀さんはしきりに狐の娘と話しつづけています。助十は気が気でありません。何とかしてお内儀さんに、その娘は狐で、牡丹餅は馬の糞であることを知らせようとして、なおも大声で、

「おっか、だまされてはあかんでえ。だまされたら大へんだでえ」

と叫び続けていました。

　そのうちにいつのまにか、空が白んで夜が明けかかりました。町の朝市(あさいち)に出かける櫛川(くしかわ)村の百姓が一人、野菜を積んだ荷車(にぐるま)を曳(ひ)いて、村の鎮守の森の前を通りかかりました。助十が、穴のぞきのかっこうして何か大声出している姿を見ておかしくなり、その背中をどおんと強くどやしつけて、

「これはこれは、お前はいったい、こんなとこで何をのぞいて、何をいっているんじゃ」

と、耳もと近くで呼びかけてやりましたと。それでも助十は、お宮の石灯籠(いしどうろう)の火ぶくろの穴をのぞきこんで離れず、いつまでも同じことをいってわめいておりましたそうな。

　やっぱり、お辰狐にうまくだまされたんです。

　そうらい　けったり　灰だわら、さるのけつはまっかっか。

採集　中道太左衛門
再話　石崎直義

うわばみに呑まれた婆さま

〔敦賀市〕

むかしむかし、孫惣（まごぞう）の婆さまが、五月の節句（せっく）につくるちまきを包（つつ）む笹（ささ）の葉を山へ採（と）りに行ったんやって。ところが、どう道をとりちがえたのやら、白岩谷というところへ迷いこんでしまったって。

この白岩谷の谷間はなかなか奥深うて、うわばみ（大蛇）がすんでいるといい伝えられてるもんで、日ごろから村人たちはおとろしがって、めったに近づかなかったって。

婆さまは、みごとに生い茂った笹原を見つけたもんで、思わず知らずに谷へはいっていき、鎌でざくざくと刈りとり、やがて背負籠（せおいかご）を一ぱいにした。そこで〈やれやれ、よかったわい〉と、かたわらの木に腰をおろいてひと休みをしとったって。

すると、急にまわりがざわざわとして何かなまぐさい空気がただよいはじめたかと思うたら、あたりが暗くなり、婆さまの身体はずるずると、闇（やみ）の穴の中へすいこまれていった。〈おやっ、こりゃ変だぞ〉とふしぎに思うて、気持悪うなったって。

そのうちに、婆さまは、この谷にうわばみのすんでいることに気がつき、自分がのみこまれたことがわかった。ひどいびっくりしたが、どうもこうもならなかった。〈もうこうなったら仕方がないわい〉とあきらめて、〈南無阿弥陀仏、南無阿弥陀仏〉と念仏を、いっしょうけんめいに唱えた。すると、ふしぎなことにゃ、急にまわりが明るくなりはじめたと思ったら、ひょっこりと地面の上にころがり出たって。

婆さまは、またまたびっくりしたがよく考えてみたら、腰にさしていた鎌の刃先がうわばみの薄腹に突きささり、のみこまれていくにつれて大きく切り裂かれて、その裂け目からうわばみの腹の外へころがり出たことがわかったって。ほんとに運がよかった。南無阿弥陀仏のお念仏のおかげだったんやろう。

それから、婆さまはおとろしておとろして、笹の葉をとるどころか、生命からがらいちもくさんに家に逃げもどったって。ところがそのときから婆さまの頭は、つるつるの禿ちゃびんになってしもたと。それは、うわばみの腹の中があんまり熱かったもんで、髪の毛がすっかりとけてしもたからだといわれる。

だが、婆さまは、うわばみの腹の中にすいこまれたとき、奥の暗やみの中に何か光る物を見つけた。それをしっかり握って出てきたので、明るいところで見たところ、おん身丈一寸八分（約一一センチメートル）の金無垢の毘沙門様の御像であったそうや。これもお念仏を唱えたもんで、仏さまのお助けじゃ。

そうらい　けったり　灰だわら。

採集　中道太左衛門
再話　石崎直義

狐にだまされた猿

〔敦賀市〕

むかしむかし、ある年の冬のことやったと。大雪が降って野も山もすっかり雪に埋まってしもた。山のけものたちは、だんだんと食べ物が少くなっていったが、山の中では探すことができなかったので、みんな、大へん困ったと。

ある朝、雪が小晴れとなり、雲間が切れて青空と太陽が見られる、よいお天気になった。猿が何か食べものを探（さが）そうとして冬ごもりの穴を出て、村里の近くまでやってきた。雪の中を泳ぐようにかきわけかきわけて、やっと麓（ふもと）まで下りて来たところ、向こうから狐が、鯉（こい）や鮒（ふな）をいく尾か刺（さ）した笹（ささ）の枝をかついでやってきたと。

それを見た猿は、うらやましうなった。にやにやと作り笑いをしながら、

「狐どん、狐どん。今日はよい天気じゃな。朝早くから山を下りて、そんなにたんと（たくさん）の魚を捕ったとは、えらいお手がらじゃなあ。ひとつ、おらにも魚を捕る方法教えてくれんまいかね」

というと、意地（いじ）悪の狐は、ずるい目つきして、猿の耳に口よせて、わざと小さい声で、

「そうじゃなあ、魚を捕るには、雪の降らぬ寒い月夜の晩がよい。川ぶちに行き、水ぎわの石

の上に腰をかがめて、流れをうしろに、尻っぽを水につけて待っとるのじゃ。すると川魚がたんと集ってきて、いく尾も尻っぽに食いついてくるから、よいころあいを見はからって、さっと尻っぽを引き上げたら、こんなにたんとの魚が捕れるがじゃわい」
と、ほんとみたいに教えたと。

猿は大そう喜んで、すぐに山へもどり、仲間をみんな集めて話した。仲間はそれをぜひやろうと相談して決めた。やがて、空が晴れた月夜の晩に、仲間がそろって、川のふちへ下りていった。そして狐のいうたとおりに、流れを背にして水ぎわに行儀よく並んでかがみ、めいめいの尻っぽを流れの中につけて、魚が食いつくのを待ったと。だけど、なかなか、魚が寄り集ってくるけはいがなかった。それでも、冷えこむ夜更けの寒さをこらえて待ちに待っとったら、夜中に川水が凍りはじめ、猿たちの尻っぽも凍りついてしもた。

猿たちは、尻っぽが凍りついてきたことを知らず、魚がたんと食いついたのにちがいないと思った。みんな一しょに、うんとこうんとこ尻っぽを引上げようとしたが、なかなか上がってこない。しまいに、声をそろえて、

　小さい鯉ははずれてくれ
　大きい鯉は食いついてくれ

と叫びながら、うんうんと力をこめて、尻っぽを引っぱったところ、とうとう尻っぽが切れてしもたと。

それからは、猿の尻っぽが短うなった。また寒い夜に尻を丸出しにして川辺に坐っとったも

んだから、猿の尻が赤くなっとるのじゃと。
おしまい　さぁるのけぃつは　まっかっか。

採集　中道太左衛門
再話　石崎直義

天狗をだました木こり 〔敦賀市〕

むかしむかし、あるところに木こりがおった。毎日、奥山に入って木をぎっこぎっこと伐っておったって。

ある日、木を伐っていると、頭の上の方で、

「おやじ、おやじいっ。お前の木を伐る音がやかまして、昼寝もよう出けん。わしのじゃまになるさけい、あっちへ行けい」

という声がした。声のする方をふり仰ぐと、そこに、周りは二かかえ、高さは十数丈（約三五メートル）ほどの大杉があったって。おおかたこの杉の木のてっぺんにいる天狗がいったのじゃと思うて、

「おいおい、天狗さん、天狗さん。お前や、ただそ

の杉の木のてっぺんで昼寝をしとるだけで、のんきな身分じゃろが、おらは、毎日毎日、こうして木を伐って働かにゃ、暮らしていけんのやわい」

と大声で、空の方へどなり返してやったところ、天狗も木こりのいい分に負けてしまい、それからは二度とあっちへ行けとはいわんようになったって。それからは、木こりと天狗は仲ようなった。木こりが仕事をしていると、ときどき天狗が近くの木の上へ寄ってきて、いろいろと親しく話しかけた。

あるとき、木こりが天狗に向こて、

「なあ、天狗さんよ。お前はこの世の中で一番おとろしいもんは何じゃいなあ」

とたずねたら、天狗は、

「そうじゃなあ、おらにゃ茨(いばら)の蔓(つる)が一番おとろしいのじゃが、貴(き)さまは、いったい何が一番おとろしいかい」

というので、木こりは、じょうだんのつもりで、

「おらは、この世の中で、牡丹餅(ぼたもち)ほどおとろしいもんはないと思っとる」

と答えた。

天狗は、

「あんなうまいもんが、どうしておとろしいのか」

と大声で、あははと笑った。

つぎに、木こりは、天狗が隠(かく)れ蓑(みの)というものを着ていて姿がさっぱり見えないことを思い出

して、

「なあ、天狗さんよ、お前が着ている、ふしぎな隠れ蓑を一ぺんだけでよいから、おらに貸してくれまいかね」

と頼んでみた。

　すると、天狗は、

「これはな、おらの一番大じな宝物(たからもの)だから、とても貸してやれんわい」

と答えた。だけど、はしかい木こりは、何とかして天狗の隠れ蓑を奪(うば)ってやろうと考えた。

　ある日、家にあった、竹で編んだ目籠(めかご)を持出して、天狗のすんでいる杉の隣りの杉の木の梢(こずえ)によじ登り、目籠を顔におしあてて、あちこち遠方を眺めるようにしながら、

「おやっ、おもしろいなあ、大阪が見えるわい、京も見えるぞお。大阪の道頓堀(どうとんぼり)にゃ、芝居の幟旗(のぼりばた)がたんと並んどるわい。京の四条の大橋にゃ、きれいな女の人が大ぜい通っとるわい」

と大声でおもしろそうにどなってみせると、天狗がこれを聞いて木こりに話しかけてきた。

「おい、おやじよ。そんな面白いもん、おらもちょっと見たいな。ちょっとその目籠をのぞかせてくれまいかね」

「いやいや、この目籠は、おらの家の先祖代々(せんぞだいだい)からの大じな宝物やで、めったなことで他の者(もの)には見せられんがや。だけど、お前の隠れ蓑を貸してくれるんなら、ちょっとだけのぞかせてやってもええわい」

といったら、天狗は、

「おらの隠れ蓑も大じなもんで、めったなことで他の者に貸せられんがや。だけど貴さまの目籠をのぞかせてくれるんなら、その間だけちょっと貸してやろか」

といって、着ている隠れ蓑をぬいで、木こりの目籠ととりかえっこしたって。

　さっそく天狗が、目籠を顔におしあてて、遠方をのぞいてみたが、大阪も京都も、変った景色はさっぱり見えなかった。ただ向かいの山に烏が二、三羽飛んでいるのが見えるだけだったそうや。

　腹を立てた天狗が、

「こらっ、おやじめ、大嘘（うそ）つきめ、なあんも見えんじゃないかっ」

と、大声でわめいて、木こりの方を見たが、木こりはもういなかった。木こりは、天狗の隠れ蓑を着て、自由自在に大空をはるかに逃げ去ってしまったって。

　天狗は、さては木こりにだまされて大じな隠れ蓑を奪われたんだと知って、悔（くや）しがったがもう後（あと）の祭りであった。そこで、天狗は飛切（とびきり）の術（じゅつ）を用いて、杉の木のてっぺんから地上へとび降り、木こりの家へ追いかけてきた。見ると、木こりの家の入口といわず、窓といわず、家にはいれるところはすべて、一面に茨の蔓が張りめぐらしてあって、おとろして近寄れなかった。ここでも木樵にうまく、してやられたと思って残念がった。

　そこで、天狗は、一たん山へ帰り、杉の木のてっぺんに上り、〈なんとかして木こりをひどい目に合わせてやるぞ〉と仕返しを考えた。すると、木こりが大嫌（きら）いだといった牡丹餅のことを思い出した。その晩、どこかの百姓（ひゃくしょう）の家から、牡丹餅をたんと盗み出した。それを持って木こりの家の屋根まで飛んできて、茨の蔓を張りめぐらすことを忘れてあった天窓から、家の中に寝ている木こり目がけて、牡丹餅を投げこみ、

「こらっ、おやじめ、うそつきめ。よくもおらをだましたなあ、貴さまの一番おとろしがっている牡丹餅を食べて死んでしまえ」

とわめきちらした。木こりは、わざと、

「ああ、おとろしや、おとろしや」

といいながら、うまく両手で牡丹餅を受けとめて、おいしそうにむしゃむしゃと食べてみせた。

天狗は、ふしぎでならず、次から次と牡丹餅を投げつけたが、木こりはただ、

「おとろしや、おとろしや」

といいながらむしゃむしゃ食べていて、いっこうによわらなかった。

天狗の方は、次の晩も、その次の晩も毎晩、

「これでもおとろしないか、これでどうじゃ、くたばらんかい」

といって、牡丹餅をたんとたんと投げこんできたが、木こりは牡丹餅が好物じゃさかえ、よろこんでおいしそうに食べるばかりだった。そのうちに、天狗の方はとうとう根気負けして、あきらめてしまい、木こりの家へ来なくなってしまったって。木こりはやれやれと安心して、平気で隠れ蓑を着て外歩きするようになったそうや。

ある日、木こりは、ふと悪い心が起こり、隠れ蓑を着て町へ出て、盗みをしようと思ったと。そして人目につかぬことを幸いにして、ま昼ま、金持の家へはいり、お金や衣類をとり出した。

また、商人の店へはいり、並べてあった品物や食品を手当り次第に奪って持帰った。そんなこともちっとも知らぬ木こりの女房は、近ごろ、家に物がたんとあるようになり、らくらくと暮らせるようになったと喜んだのであった。

そのうちに、ある日、木こりがいつものように隠れ蓑を着て、盗みにいこうとしたところ、いつも納戸（衣類や家具を納めておく部屋）にかけておいた隠れ蓑が見当たらなかった。女房に、どうしたのかとたずねると、

「あらあ、昨日納戸へ入ってみると、隅の方にいつも見なれない、うす汚い古い蓑がぶらさがっておったもんで、いったい誰がこんなとこにかけたのかと、気持悪かったので、昨晩、風呂を焚くときに、ごみと一しょに燃やいてしもたがやわいな」

と平気で答えた。

木こりは〈とんでもないことになった、こりゃ大へんだ〉とばかり、びっくりぎょうてんして、女房に、

「とんだことしてくれたなあ。お前が燃やした蓑は、天狗が持っていた隠れ蓑で、あれを体につけると、人には姿が見えなくなるというふしぎな魔法蓑じゃったのになあ、さてさて、とり返しのつかんことになったわい」

というと、

「そりゃしもうたわ。そんなら、その蓑を燃やした灰をとって、身体に塗ってみたら、姿が見えんようになるかも知れん」

というので、女房のいうとおり、その灰を裸の身体に塗ってみたら、灰のついたところは顔も背も腹も胸も手足もつぎつぎに、人には見えんようになったって。

木こりは喜んで、町へ出ていき、ある一軒の物持の家へ盗みにはいっていき、奥の間にあったタンスの引き出しをがたがたと抜いてみた。その音を聞いた家の者が、部屋へはいってみたが、人の姿は見えず、タンスの引き出しだけが、ひとりでに出たりはいったり、がたがた動いているのでびっくりして大騒ぎとなった。家じゅうの者が、竹や棒切れやほうきを持出して、タンスのまわりを、むちゃくちゃに叩(たた)き出した。そして木こりの身体に当たったもんでびっくり、逃げ出そうとしたところ、竹棒につまずいてころがり、尻もちをついた。すると、尻の方に塗ってあった灰だけがはげ落ちて、尻だけがあらわれてしもた。これを見て、皆がおとろしいやら、おかしいやらで、

「やあっ、尻ぺたの化物やあ」

といいながら、一せいに追いかけまわしたので、木こりはあちこち逃げまわり、汗びっしょりかいた。そしたら、身体中の灰がはげ落ちて、木こりの姿が見えるようになり、盗坊(どろぼう)として捕えられてしもたそうや。

そうけん　灰だわら　ねこのけつは　灰だらけ。

採集　中道太左衛門
再話　石崎直義

わらべうた1

〔大野市・大野郡〕

お正月っあん

子どもにとって正月は待ちどおしいものである。お正月さまをむかえる歌を、みなで歌って待った。

正月っあん　正月っあん
どこまで　ござった
きりきり山の　根まで
お土産（みやげ）にゃ　何じゃった
あずきもち　とちもち
すずに酒　入れて
どぶどぶ　ござった

かたこ

かたことは、かたくりのことである。春が来ると、野の片すみにうす紫（むらさき）のかれんな花をさかせる。そのころのやわらかい葉をとって、次の歌を歌いながら、手のひらで軽くもむ。葉がしわしわになったころ、そっと広げて、葉のつけねのあたりから息をふきこむ。すると葉の表と裏（うら）の間に空気がはいってふくらむ。

やぶれたら　こじきの子
やぶれなんだら　とのさんの子

土ぐも

庭のかきねの根元に、土ぐもが細長い穴をほって、穴と同じ深さのふくろの中に住んでいる。その巣(す)をふくろごと、そおっと引き上げて、だれのが長いか比べっこをする。ふくろが切れないように、真けんな顔で静かに引き上げるときの、となえごとが、次の文句(もんく)である。

つちぐも　つちぐも　土ん中は火事だ
はやく　はやく　あがってこい

けんか

他校の生徒とけんかして、相手をからかうときは、次のようにはやし立てた。

○○校の生徒　何々なろた
あめ玉ちっくりさして　イロハニなろた

口あそび

学校の休み時間に、校舎の羽目板によりかかって、みなで声高く、おもしろい文句をとなえて、口あそびをする。

そーだ　そーだ　そーだ村(その)の　村長さんが　そ
ーだのんで　死んだそーだ　そう式まんじゅう
でっかいそーだ

指あそび

歌に合せて、指をたくみに折ってあそぶ。歌の中の、子・親・人・薬・中は、指の名をかねて意味している。

子どもと子どもが　けんかして　おやおや　親

がとんできた　人さま人さま　きいとくれ　薬屋さんが　とめたけど　中々どうして　とまりません

じゃんけん

セッセッセ

（まず手をつないでふる。）

おちゃらか　ホイ

（自分で手をうち、互に右手で相手の左手を打ち合ってから、じゃんけんをする。あいこのときは、次の句をいう。）

おちゃらか　どうじで

（ふたりとも　かたをたたく。）

おちゃらか　ホイ

（じゃんけんを　やりなおす。）

おちゃらか　勝ったよ

（勝った人が、ばんざいをする。）

おちゃらか　負けたよ

（負けた人がおじぎをする。）

おちゃらか　ホイ

セッセッセ

ふたりが向き合って、手を打ち合せつつ歌うあそびである。

セッセッセ
青山土手（どて）から　東山見ればね
ぼんのさとから　おさよさんと　かいたかね
かいたか　さしたか　ふみこのくしをね
だれにもろたか　げんじろさんに　もろたわね
げんじの男は　がってんで　困（こま）るね　困るね
がってん　かんこんで　なみだをポロポロと
　ポロポロと
そのなみだを　たもとでふいてね　ふいてね

ふいたもとを　たらいで　洗ってね　洗って
ね
そのたもとを　おさおで干してね　干してね
干したたもとを　たたんでね　たたんでね
たたんだたもとを　たんすに入れてね　入れて
ね
入れたたもとは　おおさか鉄ぽうか
鉄ぽう　ズットウ

かくれんぼ

まず、かくれんぼをする者を寄せ集める。

かくれんぼするもの　この指ちゃがれ（つかまれ）

次におにをきめる。次の歌を歌い終わって、ちょうど当ったものが、ひとりぬける。なんべんも歌って、ひとりずつぬけ、最後に残ったものが、おにになる。

かくれんぼの中へ　まじる人いらし（おいで）
まじらんもんは　おもちゃ　こもちゃ　かつお
のは
もんみんすずりの　すいじは
十りん　一りん　おにからまかり　のおとんぼ

おにに目をつぶらせ、向こうむきに立たせて、みなは次の歌をはやしながら、いっせいにかくれこんだ。

かっかく　かくれがさ　打出の小づち
かねのようはし　すててこてん

ぞうりかくし

あそびのおにをきめるとき、みながはきものを片方ずつぬいでならべ、次の歌を歌う。それに合せて、おやがぞうりを一つ一つさしていき、歌が終ったとき当ったものが、おにになる。

きょうは子どもの　ぞうりかくし
一ふみ　二ふみ　三ふみさくら
親のない鳥が　あっちくせ　こっちくせと　いうてかえす

かごめ　かごめ

よく知られているあそびである。

かぁごめ　かごめ
かぁごの中の鳥は　いつ出てあそぶ
夜明けの晩に　赤土かけて
だぁれが　うしろ

地ごく極楽

おにふたりをきめ、残りの子どもは一列にならぶ。先頭の子どもが親となって、おにと問答をする。

おに「通りゃんせ　通りゃんせ」
親「ここはどこの細道じゃ」
おに「天神さまの細道じゃ」
親「ちょっと通して　くだしゃんせ」
おに「ご用のないもの　通しゃせん」
親「この子の七つのお祝いに　おふだを納めに参ります」
おに「いきはよいよい　帰りはこわい　こわいながらも　通りゃんせ　通りゃんせ」

おにになったふたりの子が、うでを上げて作ったアーチの下を、子どもたちが次々に通る。歌い終わったとき、うでをおろして、アーチの下にいた子をとらえる。おには、つかまえた子に「りんごか、みかんか」ときく。

「赤か黄色か」と問うこともある。「りんご」と答えた子は地ごく、「みかん」と答えた子は極楽である。その逆のこともある。そのどちらであるかは、あらかじめ、おにがきめておいて、子どもらには知らせてない。同じことをくり返して、すべての子どもを、地ごくと極楽に分ける。次におには、うででブランコを作り、地ごくの子は、荒っぽくゆすって、ほうり出す。極楽の子は、やさしくゆすって、そっとおろす。ゆするときは、次の歌を歌う。

地ごく　ごくらく　えんまさんの　おかげ
一丁目や　二丁目　二丁目や　三丁目　三丁目や　四丁目

花いちもんめ

ふた組に分かれ、次の歌を歌う。相手側から名ざされた○○ちゃんと□□ちゃんは、まん中へ出て、片手でひっぱり合いをする。負けた子が相手側にとられる。何回もくり返し、子をみなとった側が勝。

勝ってうれしい　花いちもんめ
負けてくやしい　花いちもんめ
ふるさとまとめて　花いちもんめ
たんす長持　どの子がほしい
あの子がほしい　あの子じゃ　わからん
この子がほしい　この子じゃ　わからん
○○ちゃんが　ほしい
□□ちゃんが　ほしい
（ふたりが、ひっぱり合いをする。）
勝ってうれしい　花いちもんめ
負けてくやしい　花いちもんめ

（以上、坂田玉子採集）

嶺北地方

越前国　福井市足羽郡
吉田郡　坂井郡
大野市　大野郡
勝山市　鯖江市
武生市　今立郡
丹生郡　南条郡

足羽の宮　〔福井市〕

　むかし、むかし、仁賢という名の天皇がおられました。その天皇のおきさき（皇后）は、世にもまれな美しい方であられました。そのころ宮廷に武烈という大将がおりました。武烈は自分が天皇になり、美しいおきさきを自分の妻にしようと考え、悪だくみをめぐらしました。

　仁賢は、武烈のすすめにより、酒をのんで政治をおこたりました。罪のない人をとらえて、ろう屋に入れたりもしました。そのため仁賢の評判がだんだん悪くなり、ついには天皇の位を退かねばならなくなりました。そして武烈が代わって天皇になりました。

武烈は、仁賢のおきさきに申しました。

「あなたのような美しい方が、悪い仁賢といっしょにいてはいけません。仁賢と別れて、わたしのきさきになりなさい」

けれども、おきさきは武烈のいうことを、ききませんでした。武烈は手に持っていたシャク（笏）で、おきさきの両足を、はげしく打ちました。シャクというのは、むかし身分の高い人が儀式のとき、手に持っていた細長い板のことです。

そのため、おきさきの足は、みるみる黒くはれあがりました。すると、はれあがったきず口が二つにわれて、中から黒い鳥の羽がはえました。あまりふしぎなので、世の人はこのおきさきのことを、足羽の宮というようになったのですと。

おきさきは、そのとき仁賢天皇のお子を、おなかに身ごもっていました。武烈はそれを知って、

「これはたいへんだ。前の天皇の子を産ませてはならない」

と思いました。

そこで武烈は、おきさきをうつぼ船（丸木をくり抜いた船）にのせて、湖（今のびわ湖）に流しました。船は流れ流れて、越前（今の福井県）下の戸（今の福井市のあたり）に流れて来ました。むかしは、越前平野は一面の湖で、伝説の上では、びわ湖と水路がつながっていたようです。

下の戸の山に藤太という名の炭焼きが住んでいました。ある日山で炭を焼いていると、湖の上を船が流れてくるのが見えました。

「あれ、だれか人が乗っているようや。助けてやらにゃ」

と思って、山をかけおり、水の中へはいって、船をおしとどめました。

船の中をのぞくと、世にもまれな気高くまた美しい方が乗っておられるので、藤太はおどろいて、

「ともかく岸までおいでください」

といって、船を浜べにつけ、自分の小屋へ案内しました。藤太は、

「お見受けしますところ、身分の高いお方のように思われます。わたしの家はこのとおり、みすぼらしい小屋ですけれど、しばらくここでお休みください」

と申し上げました。おきさきは、

「わたしは船で流され、遠くまで来ましたが、どこで船をとめてよいかわからずに、困っておりました。あなたに助けられて、やっとうれいがなくなりました」

と申されました。それからおきさきは、自分が流されたわけを藤太に話して聞かせました。藤太は、お気の毒に思って、

「それでは、ここでお暮しになって、お子さまをお産みください。わたしがお養いいたします」

と申し上げました。

やがて月が満ち、おきさきは元気な男の子を産みました。そのお子の名を、おおとの王子と申し上げました。

それから六年の月日が過ぎ、王子は六歳になられました。母君は、都が恋しく、

「このお子を、父君にお目にかけたい」

と思われました。

でも、むかしの旅は、楽なことではありませんでした。母君と王子は、ぼろを身にまとい、こじきの姿で都へ旅立たれました。ふたりは、金色のきれをつないで、長い布きれを作りました。とちゅうの町や村でその布をふりふり、歌をうたって、ほどこしを求めながら、旅を続けました。七日間歩いて、やっと都につきました。

前の天皇の仁賢は、隠居しておられましたが、このことを耳にされ、使いの者を宿へつかわされました。使いの者は、この旅芸人がはたしておきさきであるかどうか確かめるために、

「おまえがおきさきならば、足に羽がはえているはずだ。足を出して見せい」

といいました。

母君が両足を出しますと、足につるの羽がはえていました。使いの者はこのことを報告して、

「おきさきにまちがいございません」

と申し上げましたので、仁賢は王子と対面され、

「これは、わしの王子である」

と認められました。

それで、さすがの武烈も、天皇の位を正式の王子であるこの若君にゆずりました。この若君が継体天皇であります。

しかしどうしたことか、母君は夫の仁賢との対面が許されず、泣く泣く越前の国へもどられました。けれども、帰りは多くの人がお供をして、母君を下の戸まで送って参りました。越前のこの地にりっぱなご殿を建てるよう、継体天皇から命令を受けて、お供して来たのです。炭がまのある小屋まで来てみますと、藤太はおらず、紙が二まいありました。一まいには、

「わが宿は、越路の神と尋ぬべし」

とありました。

これは歌の上の句で、下の句がありません。この句の意味は、藤太はただの炭焼きでなく、越前の神さまであって、下の句を求めて神社をさがしなさい、ということです。

それで家来たちが、越前国中の神社をさがしました。たずねたずねて丹生郡織田の庄の剣神社の戸をあけますと、中に紙に書いた下の句がありました。

「君と民とのためによろず世」

これで藤太が剣大明神であることがわかりました。もう一まいの紙には、

「この山の土は金である。炭がまのあたりから土を取って、国を開きなさい」

とあります。お供の人たちが、その土を調べてみると、サキン（金の鉱石）でした。使いの者は、急いで都へ帰って、そのことを報告しました。

継体天皇は、この土を数万個のふくろにつめて都へはこばせました。これを吹き分けて（鉱石を火でとかす）金を取り出し、小判をつくりました。そのお金を国民に与えたので、国は豊かになったのですと。

母君は、炭がまのあった所にご殿を建て、そこにお住いになりました。それが今の足羽(あすわ)のお宮ですと。

この話の中で、仁賢・武烈・継体三天皇の関係が、日本書紀などの記述と異なりますが、こちらはただの民話ですからごりょう解ください。

再話　杉原丈夫

黒　竜　〔福井市〕

むかしは、黒竜と書いてクズリュウと読ませました。九頭竜という字をあてるようになったのは、後の世のことです。

ずっとむかし、越前は一面の湖だったそうです。この湖は、上と下の二つに分かれていたのですと。そして上の湖には青い竜、下の湖には黒い竜が住んでいたのですと。この竜は雨を呼ぶ力を持ち、湖をあふれさせ、田も畑も水にしずめてしまうのですと。

継体天皇がまだおおとの王子といって、越前におられたころ、この竜を退治して、人々を洪水から救ってやろうと思われました。王子が、足羽山にのぼって、湖をずっと見渡しますと、はるかかなた、今は三国町になっているあたりに、大きな岩山があって、湖の水が海へ流れ出るのをさまたげていました。

この岩山を切り破ればよいのですが、黒い竜がじゃまをするので、今までだれも手をつけることができませんでした。

王子は岩山の方を見つめ、かぶら矢（音が出る矢）を弓につがえて、キリリと引きしぼり、ビユーッと放ちました。矢は、大きな音をたてながら、湖の上をぐるぐる回っていましたが、やがて岩山をこえて海の方へ飛んで行きました。すると矢のあとを追って、湖の水がぐんぐん進んで行き、岩山をつき破って海の中へ流れこみました。

しばらくすると、矢はもどって来て、また水の上をぐるぐる回ってから、海の方へ飛んで行きました。今度も水が矢のあとを追って、岩山をつき破りながら海へ流れこみます。

しばらくして、三度矢がもどって来ました。水の上をぐるぐる回って、海の方へ飛び去りますと、水も三度岩山をつき破って、海へ流れて行きました。

三回でもう湖の水はなくなりましたので、矢はもどって来て、足羽山のふもとに落ち、地面につき立ちました。それでその場所を立矢といい、そこにお宮を建てて、その矢を矢立大明神と称しておまつりしました。

岩山がつき破られた所が、三国港のちょうし口です。ちょうし（酒をつぐ器）の口から酒が流れ出るように、湖の水が流れ落ちたのでこの名があります。

湖の水がなくなってできた川が、黒竜川です。王子は、湖の主であった黒い竜をこの川のほとりにまつって、黒竜大明神としました。今は黒竜神社といっています。

青い竜については、電典長者〔丹生郡〕を見てください。

再話　杉原丈夫

うるしが渕〔福井市〕

日野川と足羽川が合流するあたりに、うるしがふちという深い所があります。むかし、ふちのそばに大きなうるしの木があって、枝がふちの上に出ていたのですと。毎年秋になると、たくさんのうるしの実が、ふちの上に落ちたのですと。

そのころ、うるしがふちの近くの村に、ふたりの兄弟が住んでいたのですと。兄弟は、うるしの実がみのると、ふちの中へはいり、泳ぎながら実を拾って、それを売っては暮らしていたのですと。

それでもふたりの生活は貧しかったので、あるとき兄が、利益を自分だけがひとりじめしようと思ったのですと。兄は考えたすえ、木で大きな竜の頭を作り、なわで石をくくりつけ、うるしの木の下の川水にひたしておいたのですと。

木の竜は、波にゆられ、風にただよい、あたかも生きているように見えたのですと。弟はこれを見て、

「こわいから、ふちにはいるのはよそう」

といったのですと。

兄は、

「それがいい」

と答えておいて、ある日の夕ぐれ、弟に気づかれぬようにふちにはいり、うるしの実を集めていたのですと。

すると、その兄がこしらえた木の竜が、いつのまにか、本物（ほんもの）の竜になって、兄をのみこんでしもうたのですと。

再話　杉原丈夫

男　水

〔福井市〕

福井市田ノ頭(たのかしら)から高須(たかす)へ通ずる山道を七曲(なな)がりといいます。その七曲がり坂の登り口に男水という泉(いずみ)があります。といから流れ出る水は通行する人ののどをうるおして、たいへん喜ばれています。この男水という名には、いわれがあります。

今から三百年ほど前のこと、田ノ頭に四郎太夫(しろだゆう)という人が住んでいました。この人は、背が高く、力があり、おまけにとんち（その場ですぐ出る知恵(ちえ)）のある人でした。

四郎太夫は炭焼きを仕事としていて、毎日七曲がり坂を登って山へはいっていました。ある日、一日の仕事を終えて、日もくれかかったので、家へ帰ろうと、七曲がり坂を半分ほどおりて来ました。

そのころは、このへんの山は大きな木がしげっていて、おおかみやきつねが住んでおり、うわばみ（だいじゃ）も出たのですと。四郎太夫が、夕ぐれの暗やみの中をおりて来ると、かたわらのしげみのおくに、自動車のヘッドライトぐらいの大きさのものが二つ光っています。

「さては、うわばみが出たな」

と、きもをつぶすほどおどろいたけれど、あわててにげると、うしろからとびつかれるので、

「ここはひとつ、落ち着かなくては」

と思い、道ばたの石の上にどっかりと腰（こし）をおろして、たばこを取り出し、火打ち石で火をすり、ゆっくりたばこをすうて、うわばみがどうするか見ていました。うわばみは、たばこのけむりがきらいなので、すぐにはそばへ来ませんでした。


年を経たうわばみは、いろんな物に姿（すがた）を変えることができるのですと。四郎太夫が見ていると、うわばみは、ひょいと大きながまがえるに化けて、草の葉の上をそろりそろりと、はうようにして近づいて来ます。


そのとき四郎太夫は、むかし村の老人から聞いたことを思い出しました。その老人がいうのには、

「うわばみは焼きみそが好きで、自分でもよく焼きみそに化けるから、山の中に焼きみそが落ちていたら、うわばみと思って、気をつけなあかん」

ということでした。


そこで四郎太夫は、うわばみに声をかけました。

「おまえに見こまれたからには、もう助かることはできんやろ。覚悟（かくご）はできた。いさぎよくおまえのえじきになってやる。だけど願いが一つある。おまえは焼きみそに化けるのがうまいそうやが、あの世のみやげ話に、その芸を見せてくれ。焼きみそになって、この手の上にのることができるかい」といって、両方の手のひらを上にしてさし出しました。

するとうわばみは、ひょいと焼きみそに化け、四郎太夫の両手の上にどっしりとのりました。

「うまい、うまい。だけど、これは少し大きすぎる。片手にのるくらいに化けてみい」

というと、こんどは片方の手のひらにのるくらいの大きさになりました。

四郎太夫は、顔を手のひらに近づけて、

「目をそばに寄せてよく見たい。もうちょっと小さくなってくれ。よし、もう少し小さく。そうそう、もう少し」

というと、声に応じて、だんだん小さくなりました。

四郎太夫は、ころはよしと、焼きみそをすばやく口にほうりこみ、歯で何回も何回もかんで、かみちぎり、べっと外へはき出しました。

それから大急ぎで坂をかけおり、泉（いずみ）のかけといから流れ出る水で口をそそぎ、歯の間にはさまったみそのかすを、はき出しました。すると、なんと、はき出したみそのかすが、たちまちうす（臼）みたいに大きい肉のかたまり数個になりました。

もしこの水で口をそそがなかったら、口がさけて死んでしまうところでした。男の命を助けてくれたというので、それからは、この泉（いずみ）を男水というようになりました。

原話『棗村誌』
再話　杉原丈夫

野菜を食べた看板の牛

〔福井市〕

むかしむかし、福井の町で、毎晩、大へんふしぎなことがあったと。あっちこっちの八百屋の店先で起こって、大騒ぎになったがや。

どこから来たのか、一疋の大きな牛がぬうっと現われてきて、見る見る間に、店に並べてある野菜をごっそり食べていったと。店の人たちが、おやあっと気がついて、その牛のあとを追いかけたが、暗やみにまぎれて、どこへ行ったか、わからんようになってしもた。こうして毎晩、夜が更けると、足音をさせないで怪しい牛がいつも、影のように現われ、影のように消えていった。町じゅうの八百屋の店がかわるがわるおそわれて、みんな気味悪がって困った。このため、聞いた人たちは、だれもかれも怖(こわ)くなって外へ出なくなり、町通りはすっかりさびれていったと。

元気な若者たちの中には、〈なんだい、そんな一匹の牛ぐらいに〉といって力(りき)み、捕えてやろうとする者もあった。だけど、一晩中、八百屋の店の近くに隠れて見張りしても、どうしたことやら、牛の正体(しょうたい)がさっぱりつかめなかったそうや。そのうちに、このうわさを聞いた、近くの村の牛飼(か)いの爺さまが、怪しい牛を見とどけてやろうということになった。

「わしの村にも、何頭かの牛がいるにはいるが、それらの仕業(しわざ)じゃあるまい。長い年月の間、牛を手なずけてきた牛方のわしに委(まか)されよ」

といって、毎晩、町に出て見張りしていた。やがて、とうとう怪しい牛の正体を目でとらえたって。そこで、あとをつけていったら、京町の薬屋の店の前で、すうっと消えて姿を見失ってしもた。はてなと思ってあたりを見まわすと、薬屋の屋根に、牛を彫(ほ)った看板(かんばん)がのせてある。それは、薬屋で売っている「肝牛丸(かんぎゅうがん)」という、牛の肝(きも)からとる名高い薬の看板であった。よく見ると、怪しい牛は、その木彫りの牛にそっくりで、金色の目玉も角も同じであることがわかって、びっくりした。

そこで、その爺さまは、薬屋の主人に話をして、看板の牛の目玉をぬきとり、前足一本に切りこみを入れて傷(きず)をつけ、その牛が出歩けないようにしたと。ふしぎなことにゃ、それからは、看板の牛は町中へ出ることができず、八百屋の店は安心し、町の騒ぎもおさまってしもたと。

なお、この看板の牛を彫ったのは、左甚五郎という、名高い工人だったから、生きているようにほんものの牛そっくりに、町中へ出て、八百屋の店の野菜を食いまわったのだそうな。
これで、おしまい。

採集　笠原一夫
再話　石崎直義

若宮が渕（ふち）

〔足羽郡〕

むかし、福井（ふくい）の殿（との）さまが、足羽（あすわ）川の若宮がふちで漁（りょう）遊びをしたのやと。殿さまが、う（鳥の名）を二羽ふちに放ったら、二羽とも水にくぐったまま、もどってこないのやと。また二羽水に入れたけど、水の底にしずんだきり、上がってこないのやと。

殿さまは、

「ふちの中に何かいるにちがいない。だれかもぐって調べてこい」

と家来に命じたのやと。ふたりの漁師（りょうし）が水の中へはいったが、これも、いつまでたっても出てこないのやと。

殿さまは、おこって、

「けしからん怪物（かいぶつ）だ。石火矢（いしびや）を打ちこんで退治（たいじ）せい」

と命令したのやと。石火矢というのは、むかしの大砲（たいほう）のことや。

家来が石火矢の用意をしている間、殿さまが腰（こし）をおろして待っていると、どこからともなく女がひとり出て来て、

「お殿さま、石火矢を打ちこむのは、やめてください。わたしの子どもが死んでしまいます」

といってたのむのやと。

殿さまは、変なことをいう女やと思うたが、かまわずに追い返して、ふちの中へ石火矢を打ちこんだのやと。

すると今まで晴れていた空にたちまち黒雲が生（しょう）じ、あたりは夜のようにまっ暗やみになったのやと。そこへものすごい風がふき、かみなりが鳴りひびき、雨がたたきつけるように降（ふ）り出したのやと。殿さまも家来も、どうしてよいかわからず、ただうろうろするだけで、大さわぎとなったのやと。

若宮がふちの近くに本向寺（ほんこうじ）という寺があったのやと。そこの住職の名を祐忍（ゆうにん）というたのやと。殿さまの危急を知って、お寺の宝物（ほうもつ）である七条のけさをふところに入れ、たいまつをともして、やみを照し、若宮がふちへやって来たのやと。そして七条のけさで殿さまを包んで怪物（かいぶつ）から守り、お寺まで案内したのやと。すると天は晴れ、雨風は静まったのやと。

お寺はあとで、殿さまからほうびをいただいたのやと。命ごいに来た女は、ふちの主（ぬし）やったのや。

再話　杉原丈夫

室の長者

〔吉田郡〕

むかし、奈良の都にひとりの長者（富貴な人）がありましたと。長者のむすめは、顔かたちが悪くて、はたちを過ぎても、よめにもらってくれる者がなかったのですと。

むすめは、悲しく思って、長谷寺（奈良県桜井市）の観音さまに毎日お参りして、

「どうかよいむこ殿をたまわりますように」

と、心をこめて祈ったのですと。

するとある夜のゆめに、

「これよりはるか北国に、おまえに因縁のある男がいる。その男をたずねて行け」

と、お告げがありましたと。

むすめは、喜んで旅の支度を整え、はるばる北国さして出かけました。たどりたどって、越前の国松岡まで来ました。日がくれたので、とある家の戸をたたき、

「今夜一夜の宿をかしてください」

とたのみました。

家の中から若い男が出て来て、

「いくらでも泊めてあげるけど、うちには食べさせてあげる米がないのや」

といいます。

むすめは、いぶかしく思って、

「お米がないのに、何を食べて生きているのですか」

とたずねると、男は家の前のいずみを指さして、

「あのいずみの水を飲んでいる」

と答えました。むすめが飲んでみると、甘露（草木のあまいつゆ）の味がします。

むすめは、泊めてもらうことにして、家の中へはいりました。若い男は、むすめの姿をながめて、

「あなたは、米を持たんと旅をしているようやけど、何を食べているのや」

とたずねるのです。

むすめは、ふくろの中から金のかたまりを出して、

「この金を米と取りかえてもらって、食べているのです」

と答えました。男は金を見て、

「そんな石なら、うちの裏山にいくらでもあるわい」

といいました。

むすめはびっくりして、あくる朝、男に案内させて、山へ石を見にいきました。いかにも、男のいうとおり、金がごろごろしています。

この縁でふたりは夫婦になり、裏山の金を拾って、長者になりました。世間では、この男のことを室の長者といいました。

ふたりが夫婦になれたのも、観音さまのおかげであるというので、室の長者は観音の像を刻み、夫婦で朝夕礼拝していました。するとそのむすめのみにくい顔かたちが、いつのまにか美しくなりましたと。

再話　杉原丈夫

豆がら太鼓（だいこ）

〔吉田郡〕

むかし、鳴鹿（なるか）（永平寺町）に姉と妹が住んでいたのやと。姉はまま子、妹は実（じつ）の子やったのやと。おっかさんは、ほんとうの子の妹だけをかわいがって、まま子の姉にはいじわるをしたのやと。

あるとき、おっかさんは、

「きょうは天気がよいで、山の畑へ豆まきに行きね」

というて、妹には生（なま）の豆のはいったふくろをもたせ、姉にはいり豆（火であぶった豆）を渡したのやと。いり豆をまいても、はえるはずがないのに、姉むすめをいじめようと思うて、わざと持たせたのや。

妹のまいた畑からは、すぐ豆の芽が出たけれど、姉のまいた畑からは、少しも芽が出んのやと。おっかさんは、

「それみよ。おまえは豆のまき方が悪いで、一本も芽が出んのや」

というて、姉をしかったのやと。

姉が畑のそばで泣いていると、どうしたことか、芽が出るはずのないいり豆から、一本だけ芽が出たのやと。その豆は、どんどん大きくなって、見上げるような大木になったのやと。秋には枝という枝に豆の実がなって、はかってみたら、千石（千八百リットル）もの豆がとれたのやと。それでその山畑のある所を千石平というようになったのやと。

さすがのおっかさんも、心を改めて、それからは姉むすめもだいじにしたのやと。その豆の木の幹を切って、太鼓をつくり、それを永平寺に寄進したのやと。その太鼓は、豆がら太鼓といって、今でも永平寺の宝物になっているのやと。

再話　杉原丈夫

東尋坊（とうじんぼう）

〔坂井郡〕

むかし、荒木別所（あらきべっしょ）（福井市）に次郎市（じろいち）という人がありましたと。生れつき力が強くて、近くの村々では、次郎市にかなう者がありませんでした。

けれども次郎市は、ただ力が強いというだけでは、人間として値うちがないと考え、十何歳（さい）かのとき、比叡山（ひえいさん）（京都市）に登って、坊（ぼう）さんの修行（しゅぎょう）をしました。勉学のかいがあり、後に平泉寺（へいせんじ）（勝山市）に招かれて、当仁坊（とうじんぼう）と称しました。

そのころの平泉寺は大きなお寺で、たくさんの坊さんが住んでいました。中には悪いやつもいて、平泉寺の領地をうばいとろうと、くわだてていました。当仁坊はそのことを聞き知って、かれらを集めて、

「いやしくも坊さんである者が、そのような悪いことをしては、仏さまの教えにそむくことになろう」

といって、いましめました。

それでみなの者は、当仁坊をけむたがって、

「かれを消してしまえ」

ということになりました。

三国港の先にある安島浦は、海岸に高い岩のがけが連なっていて、今でも景色のよい所です。ある年の春、平泉寺の坊さんたちは、この安島浦の海岸見物に出かけることにしました。当仁坊もさそわれて、いっしょに遊びに来ました。

みなの者は、高い絶ぺきの上で日本海を見晴らしながら、酒もりをして楽しみました。当仁坊は、もともと酒が好きなうえ、景色はよいし、みながたくみにすすめるので、つい飲みすぎて、よっぱらってしまいました。

そこで、ひとりの坊さんが、

「当仁坊さん。向こうに見える船は、どこの国の船かの」

といいました。当仁坊は、

「どれどれ」

といって、立ちあがり、よろめく足でがけのふちまで出て、沖の船を見ようとしました。

そこを見はからって、そばにいた者が力を合せて、当仁坊をがけからつき落としました。当仁坊は、

「はかられたか、無念」

といいながら、左右にいた坊さんや稚児さん（お寺に仕えている少年）を、だきかかえて、いっしょに海の中へ落ちていきました。

それでもなお残念だったのでしょう。今まで晴れていた空がにわかに暗くなり、雨がどしゃ降（ぶ）りにふり、いなずまが光り、かみなりが、岩の上に落ちて、平泉寺の坊さんがたくさん死にました。そのうえ、当仁坊の怨念（おんねん）は、ほのほになって燃え、東の方平泉寺に向かって飛び、平泉寺の坊舎（ぼうしゃ）をことごとく焼きはらってしまいました。

それはちょうど四月五日のことでした。それ以後は毎年四月五日になると、どんな晴天の日でも、必ずはげしいつむじ風がふき、海の水がにごって荒い波が立ちます。その風に乗って、当仁坊の怨霊（おんりょう）が平泉寺へ飛んで行くといいます。

それで漁師（りょうし）たちは、この日は船を海に出さんようにしています。風は西風で、当仁坊は東に向かって飛んで行くので、いつのころからか、当仁坊を東尋坊と書くようになりました。三国町安島（あんと）海岸の名勝を、今も東尋坊といっているのは、こういういわれです。

再話　杉原丈夫

玉(とう)の江(え)橋

〔坂井郡〕

むかし、芦原(あわら)町番田(ばんでん)のあたりに堀江(ほりえ)景経(かげつね)という領主が、城を構えていたのや。景経は笛(ふえ)の名手で、毎年夏の夜には竹田川に船を浮かべて、笛をふいては心をなぐさめていたと。夜ごとにふく笛の音(ね)は、人の心をうっとりさせるほど美しかったのや。

ある夕方、川ばたに美しい女がたたずんで、笛の音に聞きほれているのやと。景経は、一目でその女の人が好きになり、たがいに語りあっているうちに、ついに夫婦になることになったと。

やがて夫人は身ごもったのやと。月満ちて出産が近づくと、夫人は、

「お願いですから、七日七晩(なぬかななばん)の間は、わたしのお産の部屋(へや)をのぞいてくださるな」

とたのむのやと。

景経は、ふしんに思ったが、

「承知した。けっしてのぞかない」

と約束したと。

それでも、どんな子が生れたのか心配なので、七日目の夜、戸の節穴からそっとのぞいてみたのやと。すると中で大じゃが、美しい赤子をかかえて、ペロリペロリとなめているのやと。

景経は、おどろいて、

「あっ」

と声を出したのやと。夫人は気がつき、はずかしさのあまり、そこにあったむしろで子どもを包み、だきかかえて、そのまま竹田川へにげ去ったのやと。

とちゅう玉の江橋まで来て、橋の上でちょっと休んだのやと。そのとき橋の石板にむしろのあとがついたと。それで今でもこの橋をむしろ橋ともいっているのや。

この女は、竹田川の大じゃやったのや。赤んぼをなめていたのは、体のうろこを落とすためやったと。最後のところでのぞかれたので、その子には、わきの下にうろこが三まい残っていたと。それ以来堀江家の子どもには、代々うろこが三まいあるのやと。

再話　杉原丈夫

鹿島〔坂井郡〕

金津町の浜坂は、北潟湖の水が海にそそぐ所にある。その浜坂のすぐ向かいに、鹿島という小さい島がある。ちょうど越前（福井県）と加賀（石川県）との境にある。

むかし、浜坂のばあさんが、湖の出口で洗たくをしていたのやと。そこへみょうなものが、流れて来たのやと。ばあさんは、洗たくのじゃまになるので、それをさおで向こうにおしたのやと。するとみょうなものは、少し大きくなったのやと。

なおじゃまになるので、またおしたら、また大きくなるのやと。

「ほんとにじゃまな」

といって、こんどは強くおしたら、なお大きくなったのやと。ばあさんが、かんしゃくを起こし、おせばおすほど、だんだん大きくなって、とうとう島になったのやと。それが鹿島や。

こうなると、この島が越前のものか、加賀のものか、争いになったのやと。らちがあかんので、奉行所へ訴え出たと。そのとき越前側が、ついうっかり、

「加賀の鹿島のことで来ました」

というたのやと。奉行(ぶぎょう)は、

「越前の者が、鹿島を加賀のものというのなら、問題はない」

といって、越前側は負けになったのやと。

再話　杉原丈夫

ばべんのねこ 〔坂井郡〕

むかし、金津の町に「ばべん」という名のはたご屋（宿屋）があったのですと。ある日の夕方、加賀（石川県）の大聖寺のさむらいで、三蔵という人が、ばべんの店へ来ました。

三蔵は宿のおかみさんに、

「おれはこれから、夜道をして大聖寺まで帰らにゃならん。腹ごしらえに晩飯を食わせてくれ」

といいました。

おかみさんが、おぜんを持って来たので、三蔵は、はしをつけようとして、ふと見ると、おぜんの上の魚に歯のあとが付いていています。

「おかみさん。この魚には歯あとがある」

といいますと、おかみさんは、きょうしゅくして、

「たいへんそそうをいたしました。けっして人の食べさしを出したのではございません。このごろこういうきみょうなことが、たびたびあって、困っています。今すぐ取りかえます」

といって、あやまりました。

食事をすませて、三蔵が出立しようとすると、おかみさんは、

「牛の谷とうげのあたりは、夜中になると、ようかい（化け物）が出て、人を食うそうですから、気をつけてお行きください」

と注意してくれました。

三蔵が牛の谷とうげにかかったころは、もう夜もふけていました。さわがしい声がするので、近寄ってみますと、道のかたわらに菜の花畑があって、そこへたくさんのねこが集って、歌ったり、おどったりしているのです。

「さてこそは、これがようかいか」

と思って、手裏剣を投げつけました。それが一ぴきのねこに当たりました。

ねこたちはおこって、

「ギャオ、ギャオ」

といっせいに三蔵におそいかかって来ました。多数のねこに同時にとびかかられては、とても防ぎきれないので、三蔵は近くにあった木によじ登りました。

木のまたのところに腰をかけて、一ぴきずつ上がってくるねこの頭を、刀で切りつけました。

ねこは、これではかなわないと思ったのか、頭立った一ぴきが、

「ばべんのばばを呼んでこい」

とさけびました。すると二ひきのねこが、金津の方へいちもくさんに走って行きました。

しばらくすると、三びきになって、かけもどって来ました。中の一ぴきは、大きな赤ねこです。三蔵は、

「あれが、ばべんのばばか」

と思いました。

赤ねこは、頭を切られないように鉄のなべをかぶって、木にあがって来ました。三蔵は、それならばというので、赤ねこの背中を刀でさしました。

赤ねこは、

「ギャッ」

とさけんで、木からとびおり、金津の方へにげ帰りました。それといっしょに、ほかのねこもみな、どこかへにげ去りました。

夜が明けるのを待って、三蔵は金津へひき返し、ばべんの店を訪れました。そしておかみさんに、

「このうちに、ばあさんがいるか」

とたずねました。おかみさんは、

「ばあさんは、きのうの晩、ちょうず（便所）へいったとき、えん側から落ちて、背中にけが

をして、ねています」

と申しました。

　三蔵は、

「それでは、お見まいしよう」

というて、ばあさんのへやへ案内してもらいました。

　ばあさんは、三蔵の姿（すがた）を見ると、おどろいて、急にねこの正体をあらわし、窓（まど）からとび出して、山へにげこみました。すぐ町じゅうの人を集めて、山がりをしましたけれど、ついに行くえはわかりませんでした。それで、あとのたたりがこわいので、お宮を建てて、ねこをまつりました。

　この赤ねこは、ばべんに古くから飼（か）われていたねこでした。この家のばあさんが死んだとき、その死体をえんの下にかくして、自分がばあさんに化けていたのです。店の魚に歯あとを付けていたのも、この赤ねこの仕わざでした。

再話　杉原丈夫

松屋のびんつけ

〔坂井郡〕

むかし、丸岡町に松屋という商人がおりましたと。松屋にはたいへんきれいなむすめがあって、それをじまんにしていました。

あるとき、そのむすめを連れて、長屋橋（坂井町）にさしかかりました。するとむすめの美しい姿が川の水にうつりました。その川のふち（渕）には大じゃが住んでいました。大じゃは水にうつったむすめの姿にすっかり見ほれてしまいました。

松屋親子がまだ橋を渡り切らぬさきに、ふいにどこからともなく、りっぱな若者が現われて、親子を呼びとめました。若者は、いろいろ世間話をしたすえ、

「おたくのおじょうさんは、たいへん美しい。もしわたしのよめにしてくださるならば、一日で千金を得る職を教えましょう」

といいました。松屋は、若者が気にいっていたので、その場ですぐ承知しました。

日を選んで婚礼の式をあげました。式がすんだ後、若者は、

「実はわたしは、長屋橋のふちに長年住み古した大じゃです」

と、その本身を打ちあけました。松屋はおどろきましたが、今さらどうにもならないので、泣なく泣くむすめを送り出しました。

大じゃが教えてくれた職というのは、びんつけの製法でした。むかしの人は、男も女も髪かみをゆっていました。その髪につける油のことを、びんつけといったのです。松屋がつくったびんつけは、悪いにおいがせず、べたつかないので、たいへん評判がよく、その名が近在に知れわたりまして、松屋は金持ちになりました。

数年後丸岡に大火事がありました。松屋も火に包まれて、今にも焼けそうになりました。そのとき二ひきの大じゃが現われて、松屋を取りまき、けむりの中から、

「水をくれ。水をくれ」

とさけびました。

松屋の主人が、いわれるままに水を与えると、大じゃは水をふき出して松屋にかけたので、松屋は焼けずにすみましたと。

再話　杉原丈夫

もっくりこっくり

〔坂井郡〕

むかし、伝教大師（でんぎょうだいし）が丹波（たんば）（京都府の北部）におられたとき、仙人から十年の約束で山を借りたのやと。その仙人の名をモックリコックリというのや。

やがて十年たって、山を返さならんようになったのやと。大師は、

「なんとかして、返さずにおくくふうはないかな」

と、かめ（亀）に相談したのやと。

かめは、

「そんなことなんでもない。十の字の上にチョボンを一つ書くと、千の字になる」

といって、教えてくれたのやと。大師はさっそく十の字を千の字になおしたのやと。

約束（やくそく）の日にモックリコックリが、

「期限が来たから、山を返してくれ」

というて来たのやと。

大師は、

「はて、そんな約束やったかな。証文を改めてみよう」

といって、書類ばこから証文を出して見ると、十の字が千の字になっているのやと。

　モックリコックリは、あいた口がふさがらんほど、あきれたけど、どうにもならんので、とうとう山を取られてしもうたのやと。


　住む所がなくなったモックリコックリは、大きな魚になって越前の海へやって来たのやと。雄島（三国町）を見つけて、

「この島を取ってやろう」

と考え、せめて来たのやと。モックリコックリは、神通力で雄島を海の中へだんだんに引き入れ、九分どおり沈めてしもうたのやと。

　雄島さん（雄島の神さま）はおどろいて、島にはえている竹を矢だねにして、モックリコックリを射たのやと。でも、射ても射てもモックリコックリは、平気でいて、とうとう雄島には竹が一本もないようになってしまったのやと。

　雄島さんが困っていると、天から一本のかぶら矢がふって来たのやと。雄島さんは、

「ありがたや」

といって、この矢をつがえて射たのやと。すると一本の矢が四十二本に分かれてモックリコックリに当たり、そのうちの二本は、モックリコックリの両方の目を射ぬいたのやと。

　モックリコックリが死ぬと、九分どおり沈んでいた島が、また浮き上がって来たのやと。そ

れはちょうど大年（おおみそか）の晩のことやったと。あくる日の元たんには、モックリコックリの死がいが、安島（三国町）のアカハシという浜にあがったのやと。アカハシの石が今でも赤いのは、そのときモックリコックリの血で染まったからやと。

再話　杉原丈夫

神さまのすもう 〔坂井郡〕

三国町下野荒井の神さまは、身のたけが四メートル三十五センチもある大きな木像のご神体で、きれいに色がぬってあります。

このご神体は、もと八幡（福井市、旧本郷村）の神さまでした。たいへんな荒神で、村の人が、こやしをかついでお宮の前を通っても、なわが切れて、こえたご（こえおけ）がひっくりかえったり、かついでいる人が、けつまずいて、ころんだりするのですと。

村の人は相談して、

「このような荒い神さまは、もうお守りすることができん。よその土地へ移ってもらおうではないか」

ということになり、ご神体をす巻きにして、夜のうちに七瀬川へ流しました。

ご神体は、七瀬川から九頭竜川へ流れ出て、下野の川岸にひっかかりました。下野の人が、

「なんだろう」

と思って、す巻きを拾い上げ調べてみると、たいへんりっぱなご神体がはいっていました。

村の人たちは、

「このようなりっぱなご神体をす巻きにして川へ流すには、なにかわけがあったのやろ。さわらぬ神にたたりなしや。これはもとどおり川に流す方がよい」

と思うて、またす巻きにして川に入れ、竹のさおで川の沖の方へつき流しました。

神さまは、下野が気にいって流れ着かれたのに、おし返されたので、腹を立てられました。それからは下野には竹が一本もはえないようになり、それまで竹やぶがあった家は、みな落ちぶれてしまいました。

ご神体は、さらに川下へ流れて、下野荒井の岸に着きました。村の人が拾い上げてみると、りっぱなご神体でしたので、お堂を建てておまつりしました。

ある年の祭礼のとき、木兵衛という人が、酒によった勢いで、ご神体を堂の中からかつぎ出し、

「ここの神さまは大きい姿じゃ。どれ、木兵衛と一番すもうを取ろうや」

といって、ご神体に組みついて、投げたおしました。それで神さまの片うでが折れてしまいました。氏子たちはおどろいて、次の日ご神体を戸板にのせて、三国町の仏具師のところへ持って行き、修理してもらいました。

むかしは、お祭りの日に神さまとすもうをとることは、神さまをなぐさめることになって、神さまは喜ばれました。だから、気の荒い神さまだのに、投げたおされても、うでが折れても、少しもお怒りになりませんでした。

再話　杉原丈夫

いもほり孝太郎

〔坂井郡〕

むかし、山崎三ケ（丸岡町）の里に、まずしい暮らしの母子が住んでいましたと。

むすこは大そう孝行な若者で、母親を大事にして毎日、山へ行って働きました。仕事は山いもを掘って、それを町へ売りにいくことでした。お城のある丸岡の町へ出ると、

「山いもや、山いもぉ、山いもいんならんかあ」

と、毎日、町の通りを呼び歩きました。町の人たちは、その声を聞くと、

「それ、いもほりの孝太郎がきたぞ。うちでも買おうよ」

と、家々から、

「孝太郎、孝太郎よ」

と呼びとめました。まるで「買おたろ、買おたろ」

というように聞え、大そう人気があり、持っていった山いもは、残らず売れてしまいましたと。

この若者の名は、ほんとうは太郎ですが、親孝行に感心した町の人たちから、いつか「孝太郎」と呼ばれるようになったのです。孝太郎は、山いもを売って家へ帰るときは、いつも、母親の好きな菓子の飴やせんべい、それにおかずにする、うまい食物など、いろいろと買ってみやげにしました。そして、母親がいろりのそばで、にこにことしてお茶をのみながら、飴をなめたりせんべいを食べたりしているのを見るのが何よりうれしかったのですと。

ある日、いつものように山いも掘りに山へいきました。ふとみると、白い花を咲かせたツバキの根もとに、太い芋づるが伸びていました。これはよい芋づるだと、すぐに掘りにかかりました。だいぶん、土深く掘ると、ふしぎなことに、大きな瓶が出てきました。持ちあげてみると、ずしりと、なかなか重い。何がはいっているのだろうと、孝太郎がおそるおそる、瓶のふたをとって中をのぞきました。そして「あっ」とびっくりしたのです。

瓶の中には、大判・小判がたくさん、目もまばゆいばかりに金色にかがやいておりました。それから、孝太郎の家はお金持となり、母子二人はとても、幸せにくらしましたそうです。この話を聞いた人たちはみんな、

「それはきっと、神さまが孝行者の孝太郎に与えて下されたものにちがいない」

と話し合いました。

そのふしぎなツバキの木は、いまでも、どこにあったかわかるといわれます。

採集　笠松一夫
再話　石崎直義

飯降山（いぶりやま）〔大野市〕

むかし、この山に三人の尼（あま）さんが住んで行（ぎょう）をしていました。山の頂上（ちょうじょう）に毎日三つずつにぎり飯が天から降（ふ）って来ました。これは天の神さまが、尼さんたちの修行（しゅぎょう）をよみし（おほめになり）、食べものをめぐみ与えていたのです。

尼さんたちは、そのおにぎりを食べて何年か修行しているうちに、いつのまにか心がゆるみ、行をおこたるようになりました。一日一つのおにぎりでは、とても腹（はら）がふくれないので、上の尼さんが、中の尼さんを物かげにそっと呼んで、

「あの下の尼を殺してしまいましょう。三つのおにぎりを、ふたりで分けて食べれば、少しはひもじさがへるでしょう」

と相談しました。そしてすきをみて、下の尼さんを谷底へつき落としました。

あくる日、おむすびの降るのを待っていますと、その日からは二つしか降って来ません。上の尼さんは、いよいよ空腹（くうふく）にたえかねて、〈こんどは、自分だけで独りじめにしよう〉と考えて、ある日、中の尼さんを谷につき落としました。

するとつぎの日からは、にぎり飯が一つも降らなくなりました。仕方なしに、上の尼さんは、飢えてよろよろになって、山をおりました。この山を飯降山というのは、こういういわれからです。

再話　杉原丈夫

銭（ぜに）がめ　〔大野市〕

むかし、おじいさんとおばあさんがありました。おじいさんは、毎日村の神さまにお参りして、

「どうか金持ちになりますように」

とお願いをしていました。

ある晩のゆめに白いひげの神さまが現われて、

「山に白い花のさくつばきの木がある。その下に銭がめがうまっている。そこをほれ。けれども、かめをほり出してしまうまでは、人に見つけられてはいかん。だれにも言うなよ」

とお告げがありました。

そこでおじいさんは、おばあさんにも内証（ないしょ）にして、ただ、

「山へいってくる」

とだけいって、出かけました。

しかし白い花のつばきの木は、なかなか見つかりません。毎日さがして、とうとう七日目に

見つけました。それは山の高い岩かべにはえていました。

　おばあさんは、おじいさんが毎日山へ出かけているのに、一たばのたきぎも持って帰らないので、

「いったい山で何をしているのやろ」

とふしぎに思い、その日はこっそりとおじいさんのあとをつけて行きました。

　おじいさんが、つばきの木の下をほっていると、カチリと音がして、大きなかめが出てきました。そっとほり出して、中をのぞいてみると、キラキラ光るお金がはいっています。

かくれて見ていたおばあさんは、思わぬことにおどろいて、

「おじいさん」

と大声で呼びながら、走り寄って来ました。

　するとそのとき、お金がいっぱいはいってるかめは、ガタンと音を立ててたおれ、岩かべをまっさかさまに転がり落ちました。おじいさんが身をのり出して、がけの下をのぞいてみると、銭がめは、ま下の真名(まな)川の岩の間に沈(しず)んでしまいました。

　かめが落ちた所を、今でも銭がめといっております。

再話　杉原丈夫

山鳩が見つけた温泉

〔大野市〕

むかしむかし、大野の山奥、打波川の川上に、まずしい暮らしの母と子が住んでいましたと。ところが、母親は年よりで、足や腰(こし)がいたくて、外へ出て働くことができず、毎日家の中で内仕事をしていました。むすこは若くて元気な木こりでした。毎日、山へ行って働きました。

秋になりました。山々には、くりの実がはじけ、あけびや山ぶどうも紫(むらさき)に色ずきました。孝行者のむすこは、山からの帰りにはいつも、いろいろな木の実をとって、母親へのみやげにして喜ばせました。

今日も山へ行きました。〈帰りのみやげはグンドウ（山ぶどう）にしよう〉と、むすこが山ぶどうの実っている、深いやぶへはいろうとしました。すると、急にばたばたと音がしました。見ると一羽の山鳩が、やぶの中にもぐりこんで、もがいていました。わしにでもねらわれて、足や羽をいためられたのか、飛びたてないのです。〈おお、かわいそうに。よしよし、わしの家でかいほうしてやるわい〉と、きずついた山鳩をだきかかえて家に帰りました。そしてやわらかい乾草(ほしくさ)の中に休ませて、母子二人でせわをし、大事にしてやりました。二、三日たつと、山鳩もだいぶん元気になり、毎日しばらくどこかへ飛んでいって、また、帰ってくるのです。むすこは、どこへいくのかと、ふしぎに思いました。

ある日、山鳩が飛びたったので、そのあとをそっとつけていきました。すると、山鳩は谷川へおりて、崖（がけ）ぶちの水たまりの中にはいり、水を浴（あ）びているのでした。自分もそこへおりていき、その水をしらべてみると温泉が涌（わ）いていました。〈なるほど、かしこい山鳩は、この温泉を知っていたので、ここで傷をなおして元気になろうとしているのだ〉と思いました。

そこで、息子は、足腰の痛みで困っている母親にもこの湯を使わせてみることにしました。家から桶を持ってきてくみ入れて運び、母親に使わせてみますと、いつのまにか痛みが治りましたと。

いまでも、この温泉は「鳩の湯」と呼ばれて涌き出ています。

採集　笠松一夫
再話　石崎直義

竜宮城(りゅうぐうじょう)の入り口 〔大野郡〕

和泉(いずみ)村に穴馬(あなま)というほら穴がある。今は白馬洞(はくばどう)と称して、観光地になり、人が中へはいって見物しているが、むかしは、おそろしくて、中へはいる人はだれもなかった。穴馬というのは、大むかし、この穴から馬が出て空を飛び、またこの穴にもどって来たので、この名がある。

あるとき、七左衛門(しちざえもん)という人が、この穴の奥(おく)がどれだけ深いか調べようと思って、たいまつや弁当を用意して中へはいった。穴の入り口は、人が腹ばいになって、ようやくはいれるほどの大きさである。入り口の所に、むかし馬がとび出したときの足あとがある。

中へはいると、穴は少し広くなっている。道はしだいに下り坂になっていて、とちゅうにいくつも横穴がある。馬の頭の形をした岩や、つりがね形の岩もある。やがてさいの川原という所へ来る。ここは石ころがゴロゴロ転がっている。次に白堂という所がある。ここは両側のかべも天じょうもまっ白である。

さらに奥へ奥へと行くと、地面が二つにわれていて、深い立て穴になっている。穴の深さをはかろうと思って、七ひろの細引きを十三すじつないで、下にたらしてみたが、底にとどかない。一ひろは、両手を広げた長さだから、七ひろは十メートルほどである。それを十三すじつなげば、百三十メートルである。そのつなでも、なお底にとどかなかったということになる。

われ目の向かい側にも、また穴が見える。七左衛門は、用意してきた板をかけて橋にし、向かい側に渡って、穴の奥へ進んでいった。

むかしは時計がないので、暗やみの中では時間がわからない。およそ七日間ぐらい歩いたら、急に広い所へ出た。どこからか光がくるのか、少し明かるい。

見ると、大きな川が流れており、川の向こうで女の人が洗たくをしている。女の人は、七左衛門を見つけると、

「そこの男の人、この川を渡ってはなりませんぞ」

という。

七左衛門は、

「ここは、どういう所でしょうか」

とたずねた。女の人は、

「ここは、竜宮城の入り口です。人間の来る所ではありません。もしこの川をこせば、二度と人間界へもどることは、かないません。早くもとの道を引き返しなさい」

という。

七左衛門は、

「それでは帰りますが、竜宮城の入り口まで来たという証この品を、何かください」

とたのんだ。

女の人は、川原の石を一つ拾って、

「この穴の出口に小さな谷があることは知っているでしょう。その谷の水にこの石をつけて、飲んでみればわかります」

といって、その石を投げてくれた。

七左衛門は、石をもらって、また七日間歩き、穴の外へ出た。穴の出口にある谷川にその石ころをつけ、水を飲んでみると、塩からい。今でもそこに塩水の谷がある。この谷の水は、味が悪くて、他の水と異なる。

再話　杉原丈夫

市布〔大野郡〕

和泉村の九頭竜ダムの上流に市布という村がありました。ダムができたとき、人が住めなくなって、今は村はありません。この村の旧家に原庄左衛門という家があり、薬師如来を氏神としてまっっていました。

この原家の先祖は秦川勝という人です。川勝は、聖徳太子の命を受けて、広隆寺という寺を山城（京都府）に造立しました。そのとき、材木に用いたつき（槻）の木の中に、一本だけ光を放つ木がありました。太子は喜んで、仏師を召して、この木から観音と薬師の像を造らせました。そのうち観音は、今は京都の六角堂の本尊になっています。薬師の像は、川勝がもらって、自分の家の氏神としました。

川勝の子孫に藤原勝正という人がありました。源平時代の人で、音楽がたいへん上手でした。平家の平維盛も音楽を好んだので、勝正と維盛は親しくしていました。それで平家が没落したとき、維盛をかくまい、にがしてやりました。

そのことが源氏側に知られ、勝正もとらえられそうになりました。そこで勝正は、山伏に姿をかえ、かの薬師如来をおい（背おいばこ）に入れて、近江国（滋賀県）八幡の占部常陸という神主さんのところへ身を寄せました。

この常陸という人は、音楽に志があり、以前に勝正の所へ来て、弟子になっていた人です。それで常陸は、勝正をかくまって、親切にもてなしてくれました。勝正はここで名を原庄左衛門と改めました。

この八幡では、毎年二月に総市というものが開かれました。その日はあちこちの村から品物を持ち寄って売り買いするのです。ずいぶん遠くの村から来る人もあって、その日はたくさんの人出で、町は大にぎわいです。庄左衛門も市を見物しようと思って、人ごみの中をぶらぶら歩いていました。

すると、年のころ二十歳ばかりの美しい女が、庄左衛門を呼びとめて、

「この布を買ってください」

といいます。見ると、女は手に白い布を持っています。

庄左衛門は、市で買い物をしたことがないので、おもしろく思い、

「よし買ってやろう。値だんはいくらか」

とたずねました。女の人は、

「この布に値だんはありません。わたしも知らないのです。あなたがよいと思う値をつけてください」

といいます。

庄左衛門は、二百ぴき（百ぴきは銀貨一分）のお金を出し、

「これでよいか」

というと、女は喜んで布を渡して、

「ありがとうございます」

と礼をいって、去って行きました。

庄左衛門は、布をふところにして、家へ帰り、

「わたしは、生れてはじめて市で買い物をした」

といって、布を取り出し、常陸に見せました。

常陸は、その布を手にとって、よく調べてから、

「この布は、なみの布ではないようです。このあたりで見たこともない。聞くところでは、この国の山奥に人に知られない人里があって、そこでめずらしい布を織っているそうです。八幡の総市にはその里からも布を持って売りに来るとかで、その布を買った者は、一生災難をまぬがれ、幸福を得るという話です。だからみなの人は、きょうの市でその布を求めようと、気をつけてさがしているけれども、なかなか手にはいらないということです。あなたが買ってきたこの布は、きっとそのふしぎな布にちがいない。あなたはしあわせな人です。これから運が開けるしるしでしょう」

といいました。

そのうち鎌倉に幕府ができ、源氏の天下になって、平家の落人に対するせんぎが、いっそう

きびしくなりました。庄左衛門は、いつまでも常陸の所におることもできなくなって、また山伏に姿をかえ、美濃(みの)の国(岐阜県)の山奥へ向かいました。

北美濃の郡上(ぐじょう)という所まで来て、ある農家にとめてもらったところ、その夜のゆめに、おいの中の薬師如来が現われて、

「このあたりは近く戦乱にまきこまれて、危(あぶ)なくなる。ここから北の方、越前(えちぜん)との国境の高い山に登って、そこを切り開いて住まいとせよ。人がしだいに集まってきて、おまえを主人とあがめるようになるだろう」

とお告げがありました。

庄左衛門が、お告げのとおり、越前との国境の山を登ってみると、小さな家が五軒(けん)ありました。中から男の人が数人出てきて、庄左衛門の前に平伏(へいふく)して、

「わたしたちは、昨夜みな同じゆめを見ました。あす薬師如来を背負(せお)って来る人がある。その人をここの主(あるじ)にして、この土地を開くならば、子孫は繁栄(はんえい)するだろうというお告げです。どうかわたしたちを家来にしてください」

といいます。

それで庄左衛門は、この土地に居住し、背負って来た薬師如来を氏神としてまつりました。あの布を市で買って、この福運を得たのであるから、土地の名を市布と名づけました。

再話　杉原丈夫

平家村〔大野郡〕

むかし、源平の合戦に敗れた平家の残党が、美濃の国（岐阜県）の方から大野郡の山奥へにげこみ、ついに久沢（和泉村）の平家岳まで来ました。この山は海抜一、四四〇メートルであるが、頂上はやや平らかで、水もわき出ているので、ここに住居を構えました。

平家の人たちは、柄の長いしゃもじを持っていました。米がほしいときは、この長柄のしゃもじで招くと、どこからともなく米がとどけられました。そのほか、生活に必要なものは、みなこのしゃもじで招き寄せられたから、平家の人たちは、この山でなに不自由なく暮せました。

ところがある日、東の空から一本の矢が飛んで来ました。この矢は、これと思う人をねらうと、木の上、木の下、がけの下にかくれても、頭の上から去らず、必ず目ざす相手に命中するまで止まりません。

一本の矢があたると、また次の矢が飛んで来ます。このように次々と矢が来られては、やがて平家村の人は全滅してしまうであろうと思い、全員そろって急に山をおり、谷間に来ました。

ここまで来て、みなは、

とそこへ落ちて行きました。みんなは

「やれ、うれしや」

といい合いました。それで、その谷を今もうれし谷といいます。

けれども、山からにげるとき、しゃもじの柄が長いのがじゃまになるので、柄を短く切ってしまいました。それ以来、しゃもじで招いても、もう何もとどけられなくなりました。平家村の人の苦労は、これから始まりました。

久沢（くざわ）には今でも平家の墓があります。あるとき、こびき（きこり）の人が、歩くのにじゃまになるので、平家の墓をけとばしました。後から来たかしぎ（炊事（すいじ））の人が、もったいないと思って、墓をもとどおり起しておきました。

するとその夜、飯場（はんば）に火事があり、丸焼けになりました。ところが、かしぎの人のふとんと荷物だけ、知らぬ間（ま）に外に運び出されていて、燃えなかったといいます。

再話　杉原丈夫

七郎左かくぞ

〔勝山市〕

むかし、片瀬に七郎左衛門という金持ちの家がありました。村の人は七郎左と呼んでいました。

このあたりの村では、毎年節分の日に、家の者や使用人に、にしん漬けをごちそうするのが習慣でした。山村では平素魚を食べることが少なかったので、使用人などは、楽しみにしてこの日を待っていました。

けれども、何代目かの七郎左は、けちな人で、ある年の節分の日に、家の人が、

「きょうは節分ですから、にしん漬けのごちそうをつくりましょう」

というと、七郎左は、

「いや、節分はあすじゃ」

といいました。

あくる日、家の人が、

「きょうは、にしん漬けの用意をしましょう」

というと、七郎左は、

「いや、節分はきのうもうすんでしまうた」

というて、とうとうにしん漬けのごちそうを、家の者にも使用人にも食べさせませんでした。

すると、その夜、大声で、

「七郎左、かいて（さらって）行くぞ」

と呼ばる者がありました。村の人たちは、

「何やろ」

と思っている間に、近くの大師山の雪がくずれ、大なだれがドッとおし寄せて来ました。七郎左の家は、雪におしつぶされ、生き残ったのは、馬おけ回り（馬の食べ物の世話する役）の子どもだけでした。

再話　杉原丈夫

むじなの仕返し（しかえし）

〔勝山市〕

むかし、勝山のお城に近い長山に、むじなが何びきもすんでいて、いたずらをしてみんなを困らせたと。時には、人の家の床下で子どもを産んだこともあったそうな。

秋になると、長山の松林に松茸（まったけ）がたんととれるので、きのことりにはいると、変な鳴き声をして人をおどかした。また、山の畑に入って、さつまいもを掘って食べたり、とうもろこしやあわ、豆や小豆（あずき）をもいで食べたりして、作物を荒らしたと。

ある年、山の畑の豆をすっかり食べられてしまった爺（じい）さまと、同じようにさつまいもをすっかり食べられて困った爺さまとが話合って、二人でむじなの巣穴を荒らしに行った。あちこち探していると、くぬぎ林の中で親子連れのむじなが歩いていくのを見つけた。そっとあとをつけていくと、崖にある大岩のかげにある巣穴にはいっていった。

「さあて、きょうは、日ごろ畑を荒らされている、仇討だぞ。このいたずらむじなめ」

といって、奥深い穴の口、松葉を一ぱいにつめ、木の枝や石でふたをして、火をつけてやった。むじなのやつは、穴の中で落葉の煙りにいぶされて、大そうよわったと。

　そのあくる日、爺さまが山の畑で仕事をしていた。すると、そこへ隣りの爺さまが来た。

「やあ、今日は。きのうはむじなに仇討ちしてやり、気持がよかったなあ、今ごろ、むじなめはどうしているだろうか」

と話しかけると、隣りの爺さまのからだが急にむくむくと大きくふくらがり、黒坊主となって、〈あっはっは、あっはっは〉と、大口開けて笑った。爺さまはびっくりぎょうてん、一もくさんに逃げ下った。息を切らしながら、山の麓まで来ると、ばったりと隣りの爺さまに会った。

「おうい、いま誰かに会わなんだかね」

とたずねた。隣りの爺さまは、

「いやいや、誰にも会わなんだ」

と笑って答えた。そのあとすぐに、

「こんなのに会ったのやろう」

というが早いか、さっきと同じい、大きな黒坊主になっていた。爺さまは恐ろして身体が動かぬようになり、とうとう気を失って倒れたと。
むじなが化けて仕返ししたんだろうねえ。

採集　笠原一夫
再話　石崎直義

どんぶりの鯉〔鯖江市〕

むかし、鯖江市上河端に五郎兵衛という旧家がありましたと。いつのことか家運がかたむき、持ち物を一つずつ売り払っていって、ついにもう売るような金目の物がなくなってしまったのですと。

五郎兵衛が、

「なにか売る物がないかな」

と思って、家の中を見回していると、天じょう裏に古いはこがつるしてあるのに気がつきました。

「あれは、家が没落してどうにもならなくなるまで開いてならんと、先祖代々言い伝えられているはこや。何か宝物がはいっているのかも知れん」

と考えて、はこを天じょうからおろして、あけてみると、古びた染め付け（青絵の磁器）のどんぶりが一つはいっていました。

五郎兵衛は、どんぶりを手にとって、ていねいに調べてみましたが、どんぶりの内側にこい

（鯉）の絵がかいてあるだけで、別に変ったところはありません。どこにでもあるような品物で、天下の珍品（ちんぴん）とはとても思えません。

仕方がないので、となり村の名家の源右衛門（げんにょえもん）の所へ、そのどんぶりを持って行って、

「これは、うちに先祖代々伝わっている宝物や。家がつぶれるというまさかの時まで手ばなしてはならんと言われてきた名器や。今はそのまさかの時やで、泣（な）く泣く手ばなそうと思うのや。ひとつ、よい値で買ってくれんかの」

といいました。

源右衛門は、一目見て、そのどんぶりがありふれた品物であることに気づきました。しかし相手が困っている事情もよくわかっているので、五郎兵衛のいうままに、米五俵という破格の値だんで買い取りました。

その年の祭りの日、親類の客が源右衛門の家へ集まりました。その席でみなの者は、

「米五俵というべらぼうな値だんでどんぶりを買ったそうやが、どんなどんぶりか見せてくんね（ください）」

というのですと。源右衛門は、

「なに、ふつうのどんぶりやがの」

といって、蔵から取り出して、みなにひろうしました。

客はめいめい品定めをしました。そのうちのひとりが、

「このどんぶりは、ちょっと大きいようや。どれだけはいるか、はかってみよう」

といって、水をそそぎこみました。するとそのしゅんかん、中にかいてあるこいが、生きているように一メートルばかりはね上がりました。源右衛門は、

「なるほど、これが家伝の宝物といわれるわけか。だけど五郎兵衛は、このことを知らなかったのやろう」

と思って、さっそく先方に返しに行きました。

五郎兵衛は、

「そうか、そんなふしぎなどんぶりやったのか。よく返してくださった。どれ、どんなようすか試してみよう」

といって、どんぶりに水を入れてみました。けれども中のこいは、ピクリともしません。もう一度水を入れてみましたが同じでした。

「なんや、ばかばかしい。あんたは、わたしをからかいに来なさったのか。このどんぶりは持って帰ってください」

と五郎兵衛にいわれて、源右衛門は、またどんぶりを持ち帰りました。

「でも変やな」

と思うて、念のために自分の家の水を入れてみると、たちまちこいがはね上がりました。

「やっぱりそうや」

と、ふたたび五郎兵衛の所へ返しに行きました。

「そうかの。では」

といって、五郎兵衛が水を入れてみましたが、こいは少しも動きません。五郎兵衛は、

「わかりました。絵にかいたこいでさえも、積善の家（代々よいことをしている家）を慕っているのやろう。あなたの家でははね、わたしの家では動かない。これはやはり、あなたの家に宝物としておくべきものです」

といって、そのまま源右衛門にどんぶりを、ゆずりました。

再話　杉原丈夫

西行法師（さいぎょうほうし）〔鯖江市〕

むかし、西行（さいぎょう）法師が諸国を行脚（あんぎゃ）（旅をして修行すること）して歩いていたときのことやと。越前（えちぜん）のあるやまが（山村）を通りかかると、子どもがわらびをとっているのやと。

そこで西行さんは、子どもをからかって、

「子どもらは、わら火つかんで、あつないか」

と一句、歌で問いかけたのやと。植物のわらびと、わらを燃したわら火とをかけたのや。

すると子どもは、西行さんがひのきがさをかむっているのを見て、

「西行や、火の木かさつけ、あつないか」

とそくざにやり返したのやと。

西行さんは、子どもやと思うてあなどったことを、はじたのやと。

この子どもというのは、実はお薬師さんで、西行が日ごろ歌じまんをしているのを、いましめるために、子どもの姿（すがた）をしておられたのやと。

原話『鯖江市史』
再話　杉原丈夫

ぬれもせず

〔鯖江市〕

むかし、ひとりのさむらいが諸国をまん遊していました。ある村についたとき、日がくれてしまいました。どこかの家にとめてもらおうと思って、何げんかの家をたずね回ったのですが、どこの家でも断られました。

困り果てていると、ある家の主人が、

「この村に空き家が一けんあります。その家は毎晩ゆうれいが出るというので、だれも住む者がおりません。そこでよろしければ、ご案内しましょう」

といってくれました。

さむらいは喜んで、

「ゆうれいなど気にしないから、そこへ案内をたのむ」

といいました。

　空き家なので、遠りょなく中へはいり、用意してきた食事をすませると、いろりばたにごろりと横になって、すぐねこんでしまいました。

　夜中にふと人のけはいがするので、目をさましますと、いろりの向かい側に、やつれたさむらいがいて、口の中で何かもぐもぐいっているのですと。

「ああ、これがうわさのゆうれいか。いったい何を言っているのだろう」

と思って耳をすますと、

「ぬれもせず、ぬれもせず」

とくり返し、くり返し言っています。

　そこでさむらいは、起き上がって、

「さっきから聞いていると、ぬれもせず、ぬれもせずと、同じことばかり言っているが、これは何のことですか」

と問うてみました。

　ゆうれいは、

「よくたずねてくださった。わたしは生前、発句(ほっく)をたしなんでおりました。あるとき、ぬれもせずという下の句をもらって、上の句を作るようにたのまれたのですが、よい句が思い浮かばないうちに、世を去ってしまいました。けれども、この句のことが気にかかって、成仏(じょうぶつ)することができず、このとおり迷って出て、上の句を考えているのです」

と答えました。

　さむらいは、

「そういうわけですか。わたしも少し発句(ほっく)を学んでいますから、力をおかしいたしましょう」

といって、少し考えてから、

「この句はどうでしょうか」

と前置きして、

「水引きで　紙をくくれど　ぬれもせず」

という一句をよみました。

　ゆうれいは、この句を聞いて、大いに喜び、

「ああ、ありがたい。これで心おきなく往生(おうじょう)できます」

といって、姿(すがた)を消しました。それからは、もうこの家にゆうれいは出なくなりました。

原話　『鯖江市史』
再話　杉原丈夫

瓜生権左衛門〔武生市〕

むかし、武生の大塩八幡宮の神主に瓜生権左衛門という人がありました。たいへん力が強く、大きなまつの木をひとりで引きぬくほどの力持ちでした。

あるとき江戸で、福井の殿さまとある西国の大名とが、それぞれおかかえの力士のじまんをし合いました。

「それでは、どちらが強いか、取り組ませてみよう」

ということになりました。ところが、福井の力士はみな負けてしもうたのですと。

西国の大名は、

「福井には、これより強いすもう取りは、おらんのかね」

といって、あざ笑いました。福井の殿さまは、くやしくて、

「国元には強いやつがたくさんいる」

と答えました。

するとと西国の大名は、

「それなら、使いの者をやって、その力士を呼び寄せなさい。わたしも国元から強いのを呼び寄せる。取り組ませて、どちらが強いか見物いたそう」

といいました。

福井の殿さまは、

「これはたいへんなことになった」

と思いましたけれど、今さら後に引けないので、

「よろしい。後日を楽しみに」

といって別れました。

福井の殿さまは、さっそく国元に使いを出して、

「だれか強い力士はおらんか。すぐさがして、江戸へさし出せ」

と命じました。国元では、

「大塩八幡の神主がよかろう」

といって、権左衛門を江戸に送りました。

西国の大名は、獅子虎之助という、名まえからして強そうな力士を呼び寄せました。

さていよいよ取り組みの日になりました。両方の殿さまがご覧になっていると、東の方から権左衛門が、西の方から虎之助が出て来ました。虎之助は見上げるような大男なので、さすがの権左衛門も小さく見えます。それで福井の殿さまは、心配で気が気でありません。

まず権左衛門が、大きな竹を一本手に持って土俵の上にあがり、竹を手でひしいで帯にしま

した。竹の余った部分をちぎってはち巻きにして、なお余った部分をつまみ切って、土俵の外に捨てました。

次に虎之助が土俵にあがりました。虎之助は銅の玉を手に持っていて、それを両手で引き延ばして帯にしました。余った部分をちぎって、それをまた引き延ばしてはち巻きにし、なお余った部分は、つまみ切って土俵の外に捨てました。

両力士は、四つに取り組んで、しばらくもみ合っていましたが、虎之助の方が力が強く、権左衛門の帯をつかんで、頭上高くさしあげ、

「おまえの負けだぞ」

といいました。

権左衛門は、

「越前のすもうでは、地面にたおれなければ、負けたことにならん」

と答えました。虎之助は、

「それでは、望みどおり地面にたたきつけてやる」

といって、権左衛門を投げ落としました。

しかるに権左衛門は、投げられたとき、相手のあごをけとばし、くるりと宙返りをして、土俵の上におり立ちました。虎之助の方は、あごをけられて、土俵の上にひっくりかえりました。

西国の大名は、くやしがって、

「もう一番とれ」

とさけびました。だけど福井の殿さまは、

「越前の勝負は一番でござる」

といって、断りました。

西国の大名は、おこって、自分の家来に、

「権左衛門を切れ」

と命じました。だが、権左衛門は、すばやく福井の殿さまのみす（すだれ）の中へとびこんで、殿さまのうしろへかくれたので、無事でした。

西国の大名は、腹立ちまぎれに、あいさつもせずに帰りました。権左衛門はその翌日ただちに、殿さまのかごに乗せて、国へ返されました。とちゅうで相手におそわれないように、殿さまのかごに乗せたのです。権左衛門はこの手がらで、五十石のおすみつけ（賞状）をいただきました。

相手の虎之助は、あごをけられたのがもとで、死んでしまいました。虎之助には弟がありました。兄の敵を討ちたいと思って、三年目に越前へやって来ました。権左衛門はそのうわさを聞くと、病気になったふりをし始めました。

虎之助の弟がたずねて来たとき、権左衛門は、病人らしく、かみを長くのばし、夜着（そでのあるふとん）を着て出て来ました。

「長の病気で、ご覧のとおりの姿です。とてもすもうのご相手はできません」

といいました。

ちょうど昼飯どきやったので、いっしょにごはんを食べることにしました。大きなおわんにごはんを山もりにもりあげ、はまち（魚の名）の大きいのを一本丸煮（まるに）にしたのをおかずにつけてあります。

権左衛門は、

「病気になってからは、ごはんを少ししか食べられんようになってな」

といいながら、山もりのごはんと大はまちを、ペロリと食べてしまいました。

虎之助の弟は、

「病気になってさえ、これだけ食べるのでは」

と、おそれをなして、敵討ちのことは、よういわんと帰ってしまいました。

再話　杉原丈夫

円海(えんかい)の牛

〔武生市〕

むかし、武生市文室(たけふふむろ)に円海長者(えんかいちょうじゃ)という金持ちの人がおりました。あるとき、味真野(あじまの)を通ると、ことのほか大きい牛が草むらにねそべっていました。

長者は、

「どこの家の牛かな。大きな牛があるものや」

と思って通りすぎました。

ところが、その後いつ味真野を通っても、その牛がねそべっています。長者は、牛に向かって、

「おまえは、あまり大きくて、まぐさをたくさん食べるので、だれもかう人がないのやろう。かわいそうやで、おれの家でかってやる。ついて来い」

というと、牛はただちに起き上がって、のっそりのっそり長者の後について来ました。

この大牛は、長者の家でかわれるようになっても、毎日まぐさを食っては、ねているだけで、何一つ仕事をしたことがないのですと。

そのころ京都で三十三間堂を建てることになりました。長くて大きなむな木を若狭の山で見つけましたが、あまりに大木なので、それを引く牛が見つかりません。陰陽博士がうらなったところ、越前文室の円海の牛よりほかにはないということでした。

さっそく勅使が、円海のところへ来ました。どれだけ力があるのか、ためしに大きな石を牛のしっぽにくくりつけてみました。牛はその石をひっぱって、南条郡の脇本まで行き、そこで石をふり落としました。脇本ではこの石を川にかけて橋にしました。

円海の牛は、京都へ行くことがきまったとき、別れをおしんで、記念に庭石の上に、よだれで何やら字を書いていきました。よく見ると、普門品というお経の文句らしいのです。この石をよだれ石といって、今でもあります。

再話　杉原丈夫

余川(よかわ)の炭　〔武生市〕

一

味真野(あじまの)の余川(よかわ)に炭という名の人がいました。たいへんちえのある人でした。

あるとき、余川ととなり村との間で村境(さかい)について争いが起りました。両方の村から人が出ていい合いをしているとき、炭は、となり村の村はずれにある家の雨だれ落らのあたりを指さして、

「ここが両方の村の村境や」

と主張しました。

となり村の人は、

「そんなばかなことがあるか」

といって反対しました。すると炭は、

「いや、確かな証こがある。先代からの言い伝えで、地面の下に炭をうめて村境の印にしたと聞いているのや。うそやと思うたら、ほってみればわかる」

といいました。

そこで両村の人が立合いのもとで、くわを入れてみたところ、はたして古い木炭がでてきました。おかげで争いは、余川村の勝ちになりました。となり村の人は、自分の土地をみすみす取られてしまいました。

実は、地下の木炭は、この男が前もってうめておいたものです。それで炭というあだ名がつけられ、今ではもう本名がわからなくなってしまいました。

二

むかし、味真野に年を経たきつねが住んでいました。このきつねは、同族のきつねを集めて、人をたぶらかしたり、いたずらをしたりして、村の人を困らせていました。

余川に炭という名の男がいました。毎日木炭を牛におわせて、府中（武生）まで運ぶ仕事をしていました。

ある日牛をひいて家へ帰るとちゅう、味真野を通ると、炭の母親が野の中までむかえに出ていました。炭は喜んで、母親を牛の背に乗せ、いろいろ話しながら帰りました。

家の近くまでくると、母親は、

「小便をしたいから、おろしておくれ。家はもう近いから、自分で歩いて帰る。おまえは先に行きな」

といいました。

　炭は、いわれたとおり、先に帰りました。家の中へはいってみると、おどろいたことには、母親は、炭より先にもう帰っていて、いろりのはたで糸車をひいていました。

「どうも変やな」

と思うて、

「おっか。おぬしは、わしをむかえに出たかの」

とたずねますと、母親は、

「きょうは一日じゅう糸をくっていて、外へは出なんだわの」

と返事しました。炭は、

「さては、きつねのいたずらやな」

と気がつきました。

　次の日も牛をひいて味真野を通ると、また母親がむかえて出ています。炭は、なにくわぬ顔をして、

「おっか、ようむかえに来てくれたな」

といって、母親を牛の背に乗せました。

「きょうはどうしてか、牛のやつ気が立っていて、あばれて困る。おっかをふり落とすといかんで、なわでしっかりゆわえておくわ」

といいながら、母親を身動きできぬように牛にくくりつけました。

やがて家の近くまで来ますと、母親は、

「小便したいで、おろしておくれ」

といいます。炭は、

「家はもう近いのやで、家までがまんしね」

といって、おろしませんでした。

家に着いて、中を見ると、母親はやっぱり糸車を回しています。そこできつねを、はしごにしばりなおして、

「こら、いたずらきつねめ。正体を現わせ」

といって、まつ葉すぎ葉を燃やして、いぶしました。

さすがのきつねも、苦しさにたえられず、ほんとうの姿を現わし、なみだをこぼして、

「かんにんしてください。もう人にいたずらはいたしません」

といって、わびました。

それでも炭は、きつねを許さず、

「おまえみたいな性の悪いきつねは、味真野においておくわけにはいかんわい」

といいました。きつねは、

「許してくだされば、味真野を出て行きますから、放してください」

とたのむのですと。

炭は、

「きっとやな」

と念をおして、きつねのなわをといてやりました。

きつねは、約そくどおり、味真野を去って肥前(ひぜん)（佐賀県）へ行ったので、味真野ではきつねのいたずらは、なくなりました。

再話　杉原丈夫

水無川（みなせ） 〔武生市〕

味真野（あじまの）川はまた、水無（みなせ）川ともいわれています。

むかしむかしのことですと。弘法大師（こうぼうだいし）が巡錫（じゅんしゃく）（国々をまわって仏の教をひろめること）されたときの話です。洗たくをしていたばあさんに、一ぱいの水をほしいといわれたところ、じゃけんな（あわれむこころのない）ばあさんは、すげなく断りました。それで弘法さんは、「これから、この川の水は三尺（一メートル）下を通れ」といわれました。それから後、今も川の水は地下を流れて、川はいつも白く干せるようになったといいます。それで水無川というようになりました。

しかしこの川には、ほかにこんないい伝えも残っています。

皇子時代をこの土地で過ごされた人皇第二十六代の継体（けい）天皇が、あるとき狩りに出かけようとされたところ、この川の水がまんまんとあふれていました。どうしても渡れないので、水が引くようにと、ミスハノメノミコトに祈られました。するとたちまちにして引きましたが、その後はこうして白く干せた水無し川になってしまいましたとさ。

はなし・採集　斎藤槻堂

金の牛　〔今立郡〕

むかし、池田村の中瀬鉱山が栄えていたころの話です。

ある日の夕方、一日の仕事がすんで、みなが帰り支度を始めたとき、一番最後にいた鉱夫が、ふと鉱道の奥を見ると、小牛の形をした大きな金のかたまりが、土の中から半分姿を現わしています。


さっそくみなの者に知らせました。みなの者は、

「鉱山の奥に金の牛がいると聞いてはいたけど、これがその牛か」

といって、かわるがわる牛の頭をなでました。

「ともかく、きょうはもうおそいから、あすの朝一番にほり出そう。今晩は前祝いや」

というので、みなで酒もりをして、さわぎました。


ところがその夜、夜中にはげしい雷雨があり、鉱道は水びたしになりました。あくる朝鉱夫たちがかけつけて、牛のいたあたりをほってみましたが、金の牛はどこへ行ったか、わからなくなっていました。

みなの者は、

「これは、竜神(りゅうじん)が竜宮(りゅうぐう)へうばっていったのにちがいない」

といって、前夜酒など飲まずに、すぐほり出せばよかったと、後かいしました。

再話　杉原丈夫

竜典長者

〔丹生郡〕

ずっとむかし、越前地方は一面に湖水でしたと。そのうち上の湖には青い竜が住み、下の湖には黒い竜が住んでいましたと。下の湖は、おおとの王子がみずから切り落として、そこに住んでいた黒い竜を、黒竜大明神としてまつられたことは、前に話しました。

上の湖の切り落としは、家来の物部佐昌公に命ぜられました。けれども、なかなかの難事業で、どうしようかと思案していました。

するとある日、若い女が来て、

「わたしは身分のいやしい者ですけど、このお仕事の手伝いをさせてください」

といいました。

公は、

「それでは、ためしに二、三日働いてみい」

といって、使ってみました。女はとてもよく働くので、手伝い女としてやとうことにしました。

この女は、毎日働いても、すこしもつかれた色を見せません。それにこの女は、世の常ではない美しさを持っていました。それでいつのまにか、佐昌公はこの女を愛し、おそばめとしました。

まもなく、女は子どもを身ごもりました。するとある夜、女は佐昌公にいいました。

「いままでかくしていて、申しわけありませんが、わたしは人間の女ではありません。上の湖の主です。この湖には千年を経た竜が何びきも住んでいます。いまこの湖を切り落とすと、竜の住むところがなくなってしまいます。あなたは情ある人ときいております。それであなたにお仕えしてお願いすれば、湖を切り落とすことを思いとどまっていただけると考えて、人間の女に姿をかえたのです。わたしをかわいそうとお思いなら、どうか湖を切り落とすことをやめてください」

女はなみだを流してたのみます。けれども佐昌公は、

「この仕事は、天皇の命令やでな、わたしのはからいで、やめるわけにはいかないのや。かわいそうやけど、ぜひもない」

といって、いっしょになみだをこぼして、なげかれました。

「それでも、少しばかりは住みかを残してやろう」

と考えて、湖の岸を見回りました。すると湖の西岸によい江があるので、女に、

「ここは狭い江やけど、深いふちになっているから、がまんして、ここに住んでくれ」

といいました。

竜神は喜んで、一族とともにこの江にはいりました。それが現在の丹生郡宮崎村江波のふ

ちです。

女は竜神なので江にはいりましたが、女が佐昌公に仕えて産んだ子どもは、人間なので、水の中へはいれません。仕方がないので、子どもを絹(きぬ)に包んで、江のそばに置き、子どもが泣(な)くと、水から上がって、人間の女になって、子どもに乳(ちち)をふくませ、自分も悲しくて泣いていました。

江波の里に竜典(りゅうでん)という名の人がいました。女の泣き声を聞いて、ふしぎに思って近づいて来ました。そして、

「おまえは、どうしてこんなところで泣いているのや」

とたずねました。女は、

「わたしは、この江に住む竜神です。けれどもこの子は人間の子なので、水の中へはいって、わたしといっしょに暮(く)らすことはできません。どうかこの子をもらい受けて、育ててください。そのご恩返しに、この絹をあげます。この絹は一ぴき(布の長さ、二反(たん))ありますが、使うときは二尺(六十センチ)だけ残しておきなさい。すると一夜のうちに、もとの一ぴきになります」

といいました。竜典はあわれに思い、

「それなら、わたしが育ててあげる」

といって、子どもと絹とをもらい受けました。

その後竜典は、その絹を二尺残しては売り、二尺残しては売って、しだいに長者(金持ち)になりましたと。

再話　杉原丈夫

ふせり行者

泰澄大師は、福井市麻生津の人です。若いころから丹生郡越知山に登って仏法の修行をしていました。泰澄にはひとりの弟子がありました。ふせり行者といい、一千年もの長い間野に伏せて、泰澄が世に現われるのを待っていて、弟子になったのですと。

越知山の頂上からは、日本海を通る船がよく見えます。そのころは北の国から都へ送る品物は、みな船にのせて日本海を通りました。そのような船が通ると、ふせり行者は、修行に使うはち（鉢）を、越知山の頂上から海の上の船まで、鳥のように飛ばせて、少しばかりの食べ物をほどこしてもらいました。日本海を通る船の人はこのことをよく知っていて、二人分の食べものをはちにいれると、はちはまた空中を飛んで越知山へ帰りました。

　あるとき出羽の国（秋田県）から米を積んだ船が来ました。船長は浄定という人でした。ふせり行者のはちが飛んで来たけれども、

「この船の米は、税として政府へ納める米であって、その数量はきちんと定められているので、たとえ修行をしている坊さんであっても、ほどこしてあげることはできない」

といって、はちの中へ米を入れないで、そのまま通り過ぎようとしました。

　はちは、からのまま越知山へ飛び帰りましたが、ふしぎなことに、その船に積んであった米俵が、まるでかり（がん）の列のように、一俵一俵連らなって、はちのあとを追って空中を飛んでいったのです。

　浄定は、これを見て、びっくりぎょうてんしました。急いで船を岸につけ、山を登って泰澄大師の所へ来ました。

　浄定は、

「この米を失っては、わたしは罪を受けます。どうぞ返してください」

とたのみました。

　泰澄大師は、

「それは、ふせり行者がしたことであろう。ふせり行者の所へいってたのみなさい」

と答えました。

　浄定は、ふせり行者の所へいってわびると、

「おまえは、わずかの供養(くよう)をおしんだから、こらしめただけや。全部返してやる」

といいました。あたりを見回すと、飛んで来た米俵は、峰(みね)々谷々に散らばって落ちていて、取り集めようもありません。

「これはどうしたらよかろう」

と浄定が、とほうにくれていると、ふせり行者は笑って、

「お前は船に帰っておれ。わたしが送り返してやる」

といいました。

浄定が船で待っていると、米俵はまた、一俵一俵かりのように連らなって、空中を飛んで船へ帰って来ました。浄定は、このふしぎに感動して、都からの帰りに、越知山に登って、泰澄大師の弟子になりました。これをきよさだ行者といいます。

再話　杉原丈夫

きよさだ行者〔丹生郡〕

むかし、天皇が病気になられました。いろいろ医術をつくし、名僧に加持（祈り）をさせましたけど、少しもよくなりません。

ある夜、看護の人も寝入ったころ、天皇のまくら元が明るくなり、老人が現われて、

「天皇のご病気は、はなはだ重い。越前の国に越知山という山があり、そこに泰澄という名の行者がいる。この人を招いて祈禱させれば、なおるであろう」

と告げました。

天皇が、

「あなたは、どなたですか」

とたずねると、

「わたしは、かの山のふもとの剣の神である」

と答えて、消え失せました。

天皇は、さっそく中臣連を勅使として越前に下向（都から行くこと）させました。勅使は、

まず剣神社に参拝したうえ、そこの神主の案内で越知山に登り、室堂（坊さんの修行する岩屋）へはいりました。中に三人の坊さんがいて、ひとりは二十歳ばかりの若僧、他のふたりは四十歳を過ぎた中年の僧です。

　勅使は年長のふたりの僧に向かい、

「泰澄と申すお方は、どちらのお方ですか」

とたずねました。すると意外にも若い僧が、

「わたしが泰澄である」

と答えました。

　勅使は、天皇の病気が重いこと、剣明神のお告げがあったことを述べて、

「都へ出て、天皇のご病気がなおるご祈禱をお願いします」

とたのみました。

　泰澄は承知して、ふせり行者ときよさだ行者のふたりを連れて都へのぼりました。

　宮中では、紫宸殿に壇を作って、祈禱の準備がしてありました。泰澄が調べてみると、さんこ（三つまたになったきね）という仏具が用意してありません。

　泰澄はふせり行者に、

「すぐ越知山にもどって、室堂からわたしのさんこを持って来なさい」

と命じました。宮中の人は、

「今から越前まで仏具を取りに帰らせるのでは、とうてい、きょうあすには祈禱はできないだ

ろう」

と、内心笑っていました。

ところがふせり行者は、日ぐれどきに出発したのに、その日の夜八時ごろには、もうもどって来ました。あまりのことに宮中の人は、おどろき恐れました。

それで宮中の人は、泰澄のほかにふせり行者も、壇上にあげて、祈禱をしてもらいました。

きよさだ行者は、役がないので、ご殿の柱によりかかって眠っていました。すると、きよさだ行者が寝息を、はいたり吸うたりするたびに、ご殿の柱が動き、それにつれてご殿全体が地震のようにゆれ、屋根の石がわらがみな下に落ちました。

この大ゆれで、宮中の人が、あわてふためいてにげ回っただけでなく、天皇に取りついていた邪霊（悪いたましい）もゆり出されました。そのとき泰澄は、持っていたさんこですかさず天皇のお体をなでたので、邪霊は追っ払われ、ご病気はすっかりなおりました。世の人はこれを、きよさだ行者の振力といいました。

再話　杉原丈夫

たら売り地蔵

〔丹生郡〕

むかし、越前町四か浦では、漁師がとって来た魚を、女の人が夜中に起きて、数里の道を歩き、朝日町や鯖江町のあたりへ売りに出ました。ちょうど朝日町に着くころ夜が明けるので、昼の間売りに歩くのです。

あるとき、ひとりの女の人が、たらを売りに出たけれど、時間をまちがえて、早く出発しすぎたので、朝日町に着いても、夜があけませんでした。仕方がないので、朝日町の地蔵堂の前で休んでいたら、日ごろのつかれが出て、そのまま寝こんでしもうて、夜が明けても、目がさめません。

すると地蔵さんは、

「ああ、この女はつかれすぎて、このように眠りこけている。商売ができぬと困るだろう。わたしが代りにたら売りに行ってやろう」

と思われて、その女の姿になって、町へ出かけました。

女の人は、昼ごろになって目がさめました。

「しまった」
と思うて、かたわらのかごを見ると、魚は一ぴきもなくて、代わりに、それに相当するお金がはいっています。それ以来、だれいうとなく、この地蔵はたら売り地蔵と呼ばれるようになり、みなの信仰を集めました。

再話　杉原丈夫

夜叉が池 〔南条郡〕

むかし、加賀（石川県）のお殿様のお使の武士が、湯尾峠の坂道をこえて、今庄のそばまで来たのやと。すると道にものすごい大じゃが横たわっているのやと。大勢の人が遠くからながめて、わいわいさわいでいるけど、だれひとり通って行く人がおらんのやと。

加賀のさむらいは、

「お殿様のたいせつな用事だから、急いで行かねばならん」

といって、大じゃをふみまたいで、行ってしまったのやと。

都で用事をすませて、また今庄の近くまで来ると、

さきに大じゃがいたあたりに、今度は美しい女の人が立っているのやと。女は、

「もしおさむらいさん」

といって呼びとめたのやと。

「あなたを勇気ある方と見こんで、お願いいたします。わたしは、夜叉が池に住む大じゃです。池の中にはもう一ぴき女の大じゃがいて、わたしと毎日けんかをしています。わたしひとりではとても勝てませんので、だれか勇気ある人に加勢していただこうと思って、街道に横になっていました。あなたは、恐れもせずにわたしをふみこえて行かれました。そのような人をこそ、わたしは待っていたのです」

武士は、あまりに意外な話におどろいたのやと。けれども女の人は話を続けるのやと。

「わたしともう一ぴきの大じゃは、毎日ちょう（蝶）に化けて、池の上へ舞い上がって争います。腹の青いちょうがわたしです。もう一方のちょうは赤い腹をしています。その赤いちょうを矢で射落としてください。ぜひにお願いいたします」

とたのむやと。武士は断わり切れなかったのやと。

「そのようにたのまれては、いやと申すわけにはなるまい。しかしわたしは、長く弓をひいていないので、数日腕ならしをしてから、夜叉が池へ参ることにしよう」

と答えたのやと。女は喜んで、

「必ず、ことばを違えずに来てください」

といって、去って行ったのやと。

さて武士は広野（今庄町）の竜崎的場という家で、弓矢を借りて、十分けいこをしたのやと。これならば大丈夫というまでに上達してから、けわしい山を登って夜叉が池についたのやと。池の岸に立って、しばらく待っていると、やがてひるごろになり、池のまん中の水が急にもり上がって、たくさんな雷が一時になるような大きな音を立てて、二ひきの大じゃが組みうちながら、滝のような水しぶきをふりまきつつ、空中へ舞い上がったのやと。

あまりのものすごさに、ふるえながらも、じっと見ていると、二ひきの大じゃは、ふいにちょうに姿をかえ、上になり下になり、組みつほぐれつ、争っているのやと。あまりに早くぐるぐる動き回るので、ねらいが定まらんのやと。どれがどれやらわからんが、無我夢中で弓を引きしぼって放つと、つごうよく、矢は赤い腹のちょうに当ったのやと。

赤い大じゃはのたうち回って苦しんでいたが、やがて死んで池の中に落ちたのやと。青い大じゃは、ふたたび美しい女になって現われ、

「おかげで、敵をたおすことができました。お礼にこの片そでをさし上げます」

といって、着ているふりそでの片方をちぎってくれたのやと。

「このそでは、宝のそでです。お金がいり用なときは、必要な金高をいって、このそでをふっていただけば、お金が出てまいります。けれどもこのそでは、けっして人には見せてなりません」

と教えてくれたのやと。

帰りに広野の竜崎的場の家へ寄って、借りた弓矢を返したのやと。この弓は今も竜崎家に残

っているのやと。

　さて武士は、自分の家へ帰ったけれど、ふりそでは、人には見せてはならないので、たんすの奥（おく）にしまっておいたのやと。お金がいるときは、人に気付かれぬように出して、そでをふっては、お金を出していたのやと。

　ある日、さむらいが外に出て、るすになったのやと。その間にさむらいのよめさんが、主人のたんすの引き出しをあけてみたのやと。すると女の美しいふりそでが片方はいっているので、よめさんは、

「こんな片そでをどこの女の人にもらってきたのやろう。わたしにないしょにして、たんすの中にだいじにしまっておくなんて、にくらしい」

と思って、やきもちのあまり、

「こんなそでは、見たくもない」

といって、いろりの火の中に投げて、燃やしてしまったのやと。

　さむらいは外から帰って来て、たんすの中を調べてみたら、だいじな片そでがないのやと。

びっくりしてよめさんに、

「おまえ、おれのたんすの中をなぶらなかったか（いじらなかったか）。だいじなそでがなくなっているが」

と問うと、よめさんは、

「よくもあんなそでをかくしていましたね。わたしという妻があるのに、あまりにも情ないお心です。にくらしいので、燃やしてしまいました」

と答えるのやと。さむらいは、おどろいて、あれが宝のそでであったことを、よめさんに話したのやと。それを聞いて、よめさんもくやしがったが、あとの祭りやったのやと。「無いそではふれぬ」ということわざは、この時から始まったのやと。

再話　杉原丈夫

言うな地蔵

〔南条郡〕

敦賀から今庄へ向かう山道に木芽峠というけわしいとうげがあって、その頂上に地蔵さんが立っている。土地の人は、だれいうともなく、言うな地蔵と呼んでいる。

むかし、このとうげのふもとに馬子（馬をひく人）が住んでいたのやと。毎日旅の人や荷物をのせて、とうげをこえていたのやと。だけど馬の駄賃では、その日の生活だけで手いっぱいで、女房が病気やったけれど、医者に見てもらうたくわえもなかったのやと。それで金がほしいと思っていたのやと。

ある日、大阪の商人を乗せてとうげをこしたのやと。道々馬の上のお客さんと世間話をしながら歩いていたのやと。大阪の商人は、問いもしないのに、じまん話をしたのやと。

「おれは、大阪で手広く商売をやっていてな。この北陸にも取り引き先がたくさんあるのや。一年に一回その代金を集めて来ているのや。今はその帰りや」

というのやと。

馬子が、

「それでは、ずいぶんお金がはいりますやろな」

ときくと、商人は、

「いや、たいしたことはないが、百両はここにある」

というて、ふところをたたいてみせたのやと。

馬子は、急にその金をうばってやろうという気になったのやと。頂上につくと、

「地蔵さんの前でひと休みしましょう」

というて、商人を馬からおろしたのやと。そしてたばこをすいながら、すきをうかがって、商人を殺してしもうたのやと。

金をうばって、死体を谷底へけ落としてから、ふと気がつくと、地蔵さんがじっと見ているのやと。

「さては、一部始終を地蔵に見られたのか」

と思うと、心にとがめてならんのやと。それでたわむれに、

「地蔵さん、今見たこと人に言うなや」

というたんやと。すると地蔵さんが、

「地蔵は言わぬが、おまえこそ言うな」

といい返したのやと。

馬子はあまりのふしぎに、びっくりして、地蔵さんの前に手をついてあやまったのやと。

「地蔵さん、お許しください。女房を医者に見せる金がほしくて、わたしは大罪をおかしてし

まいました。今後このようなことは二度としませんから、今度だけは、だれにもいわずにおいてください」

とたのんだのやと。

それから数年たったのやと。ある日年若い旅人を乗せてとうげをこしたのやと。いつものように世間話をしながら地蔵の前まできて、ひと休みしたのやと。馬子が手を合せ地蔵さんを拝むのを見て、旅人は、

「この地蔵さんは、なにかご利益があるのですか」

とたずねたのやと。馬子は、うっかり、

「この地蔵さんは、ふしぎな地蔵さんで、物を言うのや」

と答えたのやと。

「まさか、石の地蔵が物を言うなんて。」

「いや、ほんとや。わしはここで、むかし悪いことをしてね。地蔵さんに、人に言うなってたのんだら、地蔵さんが、わしは言わん、おまえこそ言うなって、物をしゃべったのや。」

「へえ、ふしぎなこともあるもんですね。その悪いことというのは何ですか。」

そこで馬子は、もう年月もたっているし、話してもよかろうと思って、むかし人を殺して金をうばったことを話したのやと。

若い旅人は、

「わたしこそ、おまえに殺された商人のむすこや。子どものときに父が殺されたので、おとな

になってから、敵をたずねて北国へやってきたのや。ここでこうしておまえにあえたのも、地蔵さんのおかげじゃ。覚悟せい」

というたのやと。

馬子は、

「ああ、地蔵さんが、自分は言わぬが、おまえ言うなといったのは、このことか。わたしは罪を犯したのだから、いずれつぐないをせねばと、思っていたのや。さあどうぞ親のかたきを討ってくれ」

というたのやと。

若い旅人は、馬子を敦賀の奉行(ぶぎょう)所まで連れていって、これを討ちとったのやと。それ以来この地蔵を、言うな地蔵というようになったのや。

再話　杉原丈夫

孫嫡子〔南条郡〕

むかし、北陸道の湯尾峠の頂上には、茶屋がありました。ある年の夏のこと、ひとりの老人が来て、この茶屋で休みました。しばらくして中年の人が来て、やはりこの茶屋で休みました。

あとから来た人が前の人に、

「あなたはどなたですか」

とたずねました。老人は、

「わしはほうそうの神じゃ。諸国を回って、すべての人にほうそうをわずらわせているのじゃ」

と答えました。

あとから来た人は、

「わたしは、安倍晴明という者です。ほうそうになやむ人が多いので、諸国を回って、その人たちの病苦をなおしているのです」

といいました。

　そこでふたりは議論を始めました。一方は、

「わしは、どんな人でも必ずほうそうを、わずらわせてみせる」

といい、他方は、

「わたしは、どんな人のほうそうもなおしてみせる」

というのです。

　ほうそうの神は、

「議論ではらちがあかない。今すぐ証こをお見せしよう」

といって、あたりを見回しました。その茶屋には、幼（おさ）ないむすめがおりました。ほうそうの神は、その女の子が遊んでいるのを見て、

「あの子に病（やまい）を取りつけましょう」

というと、その子は、その場で高い熱を出して、たおれてしまいました。

　晴明は、

「それではわたしがなおしてみせましょう」

といって、一心に加持（かじ）（祈り）をしたけれど、むすめの熱はいっこうに下がらんのですと。

　母親は悲しんで、

「あなたたちふたりの争いがもとで、こんなことになったのです。この子の病をすぐなおしてください。なおすまではふたりを放しませんよ」

といいました。

　ほうそうの神は、母親をなだめて、

「心配しなさんな。少々苦しむけど、命に別条はない。そのうちにほうそうができ、それがうみになり、やがて乾(かわ)いて、あばたが残って終る」

といいました。そして、ほうそう神のいったとおりの経過になりました。

　晴明は、

「とてもわたしの力の及ぶところではありません。このうえは、みなの人のほうそうが軽くてすむようにお守りください」

とたのみました。

　神は、

「そうやな。この茶屋の人にさまざまな苦労をかけたから、おわびにお守り札(ふだ)を残していこう。これと同じ札を作って諸国に広めなさい。この守り札を持つ人の家では、孫嫡子（孫子）までほうそうは軽くてすむようにしよう」

といって、「孫嫡子」と書いた守り札を茶屋の人に渡しました。

　晴明は、

「わたしもいっしょに守ろう」

といって、その札に封印をおしました。

　これが湯尾峠の茶屋の孫嫡子のお札の由来です。

再話　杉原丈夫

狐と兎の冬の食べもの

〔南条郡〕

むかしのことや。大晦日のお午過ぎに、上野の千石谷山の大落しの頂上で、狐と兎とひきがえるが、ばったりと出合うたと。寒い風に吹かれながら、口をそろえて、明日はお正月じゃが、自分たちも人間のように、餅を食べたいなといった。兎が、それならば餅を一しょにつくことにしようといい出したので、狐もひきがえるも、それやよいと賛成した。

酒呑みの狐は、いつもいく堂宮の岩端の酒屋へいって、餅米・かち臼・きね・釜・むし桶を借りてきた。ひきがえるは、釜の火たきをした。むした餅を兎がきねで、狐が手がえしして、ぺったんこ、ぺったんことつきあげた。そこで食べることにしたが、狐と兎は、あまり手伝いしなかったひきがえるに、同じようにわけるのがおとましく（おしく）なった。話合うて、かち臼を山から谷へ転ばし落といて、早く追いついたものから順番に、餅をたんと食べることにした。早く走れないひきがえるはいやがったが、仕方なくがまんした。

やがて、兎と狐とひきがえるは一しょに、臼を山から転ばした。足の早い兎と狐は、すぐに坂を走り下って、一目散に追いかけた。その後からひきがえるが、ぴょんぴょんと降りていった。すると、あっちこっちの、ネムの木の枝に臼からこぼれた餅がいっぱいひっついとった。喜んでそれを食べながら、のこのこと降りていったが、たんと食べたのでおなかがぽんぽこぽんにふくれてしもた。兎と狐は、ひきがえるよりも山を早く下り、かち臼に追いつき、中を見るとからっぽだった。こりゃ、どこかにひっかかって落ちたのだと思うて、また山へもどろうと上っていったところ、とちゅうでひきがえるに出合った。どこかに餅がひっかかっておらなかったかときくと、ひきがえるは、あっちこっちのネムの木に餅がたんとくっついとったから、みんな食べてしもたといって、大きなおなかをポンポンと叩いてみせた。兎と狐は、こりゃしまったといって、餅のくっついとったネムの木をなめ、しまいに皮まで食べてしまった。

それで、今でもひきがえるのおなかはふくれている。また冬になると、兎と狐は、ネムの木の皮をむいて食べているのじゃと。

採集『南条町誌』
再話　石崎直義

黒鬼に化けて死んだ男

〔南条郡〕

むかし、むかし、ある村に、年老った父親と母親と息子の三人暮らしの、貧乏な家があったと。ところが、この息子はひどいごくどう（無頼者）で、いつも働かずにおって、お金をほしいと思うてばっかりおったと。

　この隣りに、ひとり暮らしの婆さんの家があった。早く爺さんに死に別れたが、婆さんは大へんな働き者で、始末屋（倹約家）だったから、お金をたんと貯めてもっておるという評判だったと。

　正月が近づいたとき、ごくどう息子は、その婆さんをだましてお金をとろうと思って、いろいろと考えた。そして、うまいことを思いついた。黒鬼に化けて婆さんの家へ行き、おどしてお金をとることにした。夜になるのを待って、裸になり、身体中に墨を塗り、頭に大根で作った角を鉢巻でしばりつけ、虎の毛皮の褌(ふんどし)をしめて、青い紙をはりつけた丸太棒をついて、隣りの家へ行った。

玄関の戸をがらがらと開けて、大声で、

「婆あいるか、婆あいないか」

とどなった。婆さんは、誰じゃろうと思うて出てみると、黒鬼が目を光らして歯をむき出しておったもんだから、びっくりした。身体をぶるぶるふるわせながら、物もいえずにへたへたと坐って恐ろしがっていた。

「こりゃ、婆あ、この家にえらいたんとお金があるそうじゃが、それをわしに渡さんと地獄へ落とすぞ。わしにくれるならば極楽へいかしてやるが、どうじゃ」

とどなると、婆さんは、

「わたしゃ極楽へいきたいが、地獄へいきとうない。あんたのいわっしゃることは、ほんとうかね、ほんとうかね」

といって、すぐに寝床の下に隠しておいたお金を、あるだけ全部出いた。

それから、何を思ったのか、にこにこ顔で、

「鬼さま、さきがた、向かいの家から、正月に食べる、あんこの餅をもろうたのであげるわい」

といって、大鉢に盛って出してすすめた。黒鬼は、にたにた笑いながら、

「こりゃ、どうもご馳走さまじゃな。食べさせてもろおうかな」

といって、すぐに二つ三つ口に入れてほおばった。ところが、あわてたので喉にひっかかって息ができんようになり、ひっくりかえって目を白黒して苦しみ、とうとう死んでしもたとお。

それを見て、婆さまはびっくりした。そして恐ろしうなって、大きな声で隣りの家へ向こうて、

「爺さまあ、黒鬼めが死んだ、早う来てくだはれ」

と呼んだので、隣りの爺さまがかけつけてきてくれた。そして、死んでいる鬼をよく見たら、どうも本物の鬼とちがっているようなのでふしぎになった。そこで身体を洗ってみると、塗ってあった墨が落ちた。鉢巻をとると、角がとれて大根二本だとわかった。

これはおかしいぞと、明かりをさしよせてよくよく見たら、何ということか、自分の家の息子だったのでびっくりぎょうてんしてしもて、腰がぬけて、おいおいと泣いておったそうな。

そうらい　べったり　牛のくそ。

採集　『南条町誌』
再話　石崎直義

わらべうた2

〔大野市・大野郡〕

げんさん　げんさん

おにと子どもに分かれて、問答(もんどう)をして、最後にワァッといってにげる子どもを、おにが追いかける。

子「げんさん　げんさん　遊べんしょ（遊びましょ）」
おに「今ねているんですわいのぉ」
子「そうですかいのぉ」
子「げんさん　げんさん　遊べんしょ」
おに「今起きて　顔あろてるんですわいのぉ」
子「そうですかいのぉ」
子「げんさん　げんさん　遊べんしょ」
おに「今ごはん食(た)べてるんですわいのぉ」
子「何ぞえて」
おに「へびそえて」
子「生きてるんか　死んでるんか」
おに「生きてるわいのぉ」
子「ワァッ」

なわとび

おじょうさん　おはぁいり　（ふたりはいる）
はいよろし

じゃんけんぽん　　　（ふたりはジャンケンをする）
あいこでしょ
まぁけたお方は　おにげなさい
　　　　　　　　　　（負けた方が外へ出る）
お次のお方は　おはぁいり　　（ひとりはいる）
はいよろし
じゃんけんぽん

羽つき歌

おひとめ　おふため　みあかし　よめな
いつやのむかし　ななやのやかし　ここのやの
とかし

おじゃむじゃ歌

大野ではお手玉のことを、おじゃむじゃという。おじゃむじゃは、四まいの布切れのはしをぬい合せ、中にあずき、だいずなどのくず、砂の小つぶを入れる。はとむぎやたびのこはぜを入れると、よい音がするという。

おさらい　おさらい
おひとつ　おひとつ　おろして　おさらい
おふたつ　おふたつ　おろして　おさらい
おみいつ　おみいつ　おろして　おさらい
おみんな　おろして　おさらい
おてのし　おてのし　おろして　おさらい
おしゃくり　おしゃくり　あわせて　おさらい
おはさみ　おはさみ　おろして　おさらい
おひたり　おひたり　おろして　おさらい
小さい橋くぐれ　小さい橋くぐれ
大きい橋くぐれ　大きい橋くぐれ

おさらいは、場にある玉を全部さらえとる。
おひとつは、玉を一つほうり上げて、場から一つ拾う。

おふたつは、場の玉を一ぺんに二つ拾う。

おみいつは、一ぺんに三つ拾う。

おみんなは、場の玉を一ぺんに全部拾う。

おろしては、手にある玉を場へ落とす。

おてのしは、左手の甲の上に玉をのせる。

おしゃくりは、玉をしゃくり上げてつかむ。

おはさみは、左手の指の間へ玉をはさんでいく。

おひたりは、右手で二つの玉をほうり上げ、一つを左手で受け、右手で、場の玉をもう一つ拾って後に、受ける。

小さい橋は、左手の人さし指を中指に重ね、中指と親指でつくったアーチの下を、右から左に玉をくぐらせる。

大きい橋は、手の平を上にし、手の平とひじでつくったアーチの下をくぐらせる。


以上、坂井玉子「老女のうた」による。

手まり歌

むかしは子どもたちが、めいめい手製（てせい）の手まりを持って集まり、輪になって順番についた。手まりの作り方は、ぜんまいのわたをつんで、それをまるめてシンにして、その外側に白いわたをかぶせ、その上に糸をかける。わたがもれぬように、六通りにかけた。さらにその上に色糸で模様（もよう）をつける。

一

きんさん　きんさん　どこいきゃる
鉄ぽかついで　わきざしさして
きじのお山へ　きじ打ちに
きじはキャンキャン　鳴くばかり
はいってお茶でも　あがらるか
新茶ののぞみも　ござらんか
番茶ののぞみも　ござらんか
新茶ののぞみも　ござらんが
番茶ののぞみも　ござらんが
お関女郎（じょろう）衆の　女の数が
四百　八百　八十四人
中でよいのは　やの屋のやすけ
やすけ羽織（はおり）は　だれがぬて（ぬうて）くれた
たびやお市が　ぬてくれた　ショガナ

二

向かい通るは　だが（だれの）むすめ
おわりさかどの　おと（末）むすめ
やはりよい子や　きりょよしや
おれが妻にも　なるならば
せきだ皮たび　こて（買って）はかしょ
せきだ皮たびを　こうて
りょかんの　綿ぼし（ぼうし）を
ふありふありと　投げかけて

三

だいじの　だいじの　絹（きぬ）糸の手まり
つけば　よごれる　とっとけば（しまっておけば）　かびる
川へ流せば　やなぎに　かかる
やなぎ切りたい　細やなぎ
やなぎの下に　おおくまさんと
おおかみさんと　かんのん参り
かんのんのお坂で　だんなに出おて

やれやれ　うれしや　江戸までついて　こ（行こう）
江戸のお城は　高い城で
一だん上がり　二のだん上がり
三だん上がりて　東を見れば
よいよい　よめさんが　三人ござる
一でよいのは　糸屋のむすめ
二でよいのは　にのやのむすめ
三でよいのは　酒屋（さかや）のおじょさん
酒屋のおじょさんは　だてこいて（おめかしして）ござる
五尺もとゆい（かみを結ぶひも）　きりりとしめて
八尺たけなが（かみを結ぶひも）　さらりとかけて
江戸や本町　ちゃらちゃらと
ちゃらちゃらと

四

こんのもよもん（この家の茂右衛門）　もよもんは
朝ももっそり　起きられて
あちらへ向いては　ほろと泣（な）き

こちらへ向いては　ほろと泣き
なにが悲して　泣きしゃんす
なにも悲しは　ないけれど
人に子もあり　よめもある
おれに子もない　よめもない
もちと待ちゃされ　秋八月は
あのじのすいもん　二のぜんすえて
とってあげます　花よめを　ションナ

五

ささまた坂を　さるが三びき通る
あとのさるも　もの知らず
先のさるも　もの知らず
いっち中な小ざるが　ようもの知って
いざや友だち　花折んにいくまいか
一本折りゃ　手に持ち
二本折りゃ　こしにさし
三本目に日が暮(く)れて

向いな小屋に宿とれば
むしろは　はしかし(ひふをさして、かゆい)　夜は長し
あかつき起きて　空見れば
ちんごのような　めいしょうな
ささ色の帯を　前にシャンと結んで
うしろにシャンと結んで
こがねのちょうしに　酒ついで
この酒だれ(だれに)のましょ
牛若どんに　のましょ
牛若どんのさかなには
いっすん河原(かわら)の　あいのすし

子もり歌

子どもを背負って、あやしながらねかす歌である。子もりむすめの悲しい身の上を歌ったものが多い。

ねんねの子もりは　どこいった

あか坂　里こえて　ごき（木製の食器）売りに
ごきは売れずに　むすめ売る
むすめの名は　なんと申す
お玉と申す　玉と申す
お玉やたまらが　出立ちには
もとゆい　よりそうて　かみしょぞく
てぬぐい　ていとり　ぬの五尺
足には皮たび　皮じょうり（ぞうり）
手には水晶（すいしょう）の　ずずをかけ
胸（むね）にはほけきょ（法華経）の　読みくだし
頭にこがねの　輪をはめて
こがね仏を　拝みます

手まり歌以下、杉原丈夫『民謡・民話』（「真名川流域の民俗」のうち）による。

本文中、現在では用いられない表記・表現がありますが、刊行当時の資料的意味と時代性を尊重し、そのままにしてあります。ご了承ください。

また、再刊にあたり、連絡のとれない関係者のかたがいらっしゃいます。ご存じの方がおられましたら、弊社までご連絡ください。

（編集部注）

［新版］日本の民話73

若狭・越前の民話　第二集

一九七八年一二月一五日初版第一刷発行
二〇一七年　四 月一五日新版第一刷発行

定　価　本体二〇〇〇円＋税

編　者　杉原丈夫・石崎直義

発行者　西谷能英

発行所　株式会社　未來社
〒一一二―〇〇〇二
東京都文京区小石川三―七―二
電話（〇三）三八一四―五五二一（代表）
振替〇〇一七〇―三―八七三八五
http://www.miraisha.co.jp/
info@miraisha.co.jp

装　幀　伊勢功治

印刷・製本　萩原印刷

ISBN978-4-624-93573-3 C0391

[新版] 日本の民話

（消費税別）

1 信濃の民話 ＊二二〇〇円
2 岩手の民話 ＊二〇〇〇円
3 越後の民話 第一集 ＊二二〇〇円
4 伊豆の民話 ＊二〇〇〇円
5 讃岐の民話 ＊二〇〇〇円
6 出羽の民話 ＊二〇〇〇円
7 津軽の民話 ＊二〇〇〇円
8 阿波の民話 第一集 ＊二〇〇〇円
9 伊豫の民話 ＊二二〇〇円
10 秋田の民話 ＊二二〇〇円
11 沖縄の民話 ＊二〇〇〇円
12 出雲の民話 ＊二〇〇〇円
13 福島の民話 第一集 ＊二〇〇〇円
14 日向の民話 第一集 ＊二〇〇〇円
15 飛驒の民話 ＊二二〇〇円
16 大阪の民話 ＊二〇〇〇円
17 甲斐の民話 ＊二〇〇〇円
18 佐渡の民話 第一集 ＊二〇〇〇円
19 神奈川の民話 ＊二〇〇〇円
20 上州の民話 第一集 ＊二〇〇〇円
21 加賀・能登の民話 第一集 ＊二二〇〇円
22 安芸・備後の民話 第一集 ＊二二〇〇円
23 安芸・備後の民話 第二集 ＊二〇〇〇円
24 宮城の民話 ＊二二〇〇円
25 兵庫の民話 ＊二〇〇〇円
26 房総の民話 ＊二〇〇〇円

＊＝既刊

27 肥後の民話 ＊二〇〇〇円
28 薩摩・大隅の民話 ＊二〇〇〇円
29 周防・長門の民話 第一集 ＊二二〇〇円
30 福岡の民話 第一集 ＊二〇〇〇円
31 伊勢・志摩の民話 ＊二〇〇〇円
32 栃木の民話 第一集 ＊二〇〇〇円
33 種子島の民話 第一集 ＊二〇〇〇円
34 種子島の民話 第二集 ＊二〇〇〇円
35 越中の民話 第一集 ＊二二〇〇円
36 岡山の民話 ＊二〇〇〇円
37 屋久島の民話 第一集 ＊二〇〇〇円
38 屋久島の民話 第二集 ＊二〇〇〇円
39 栃木の民話 第二集 ＊二二〇〇円
40 八丈島の民話 ＊二〇〇〇円
41 京都の民話 ＊二〇〇〇円

42 福島の民話 第二集 ＊二〇〇〇円
43 日向の民話 第二集 ＊二〇〇〇円
44 若狭・越前の民話 第一集 ＊二二〇〇円
45 阿波の民話 第二集 ＊二〇〇〇円
46 周防・長門の民話 第二集 ＊二二〇〇円
47 天草の民話 ＊二〇〇〇円
48 長崎の民話 ＊二〇〇〇円
49 大分の民話 第一集 ＊二〇〇〇円
50 遠江・駿河の民話 ＊二〇〇〇円
51 美濃の民話 第一集 ＊二〇〇〇円
52 福岡の民話 第二集 ＊二二〇〇円
53 土佐の民話 第一集 ＊二二〇〇円
54 土佐の民話 第二集 ＊二二〇〇円
55 越中の民話 第二集 ＊二〇〇〇円
56 紀州の民話 ＊二〇〇〇円

57 埼玉の民話 ＊二〇〇〇円
58 加賀・能登の民話 第二集 ＊二二〇〇円
59 大分の民話 第二集 ＊二〇〇〇円
60 佐賀の民話 第一集 ＊二〇〇〇円
61 鳥取の民話 ＊二〇〇〇円
62 茨城の民話 第一集 ＊二二〇〇円
63 美濃の民話 第二集 ＊二〇〇〇円
64 上州の民話 第二集 ＊二〇〇〇円
65 三河の民話 ＊二三〇〇円
66 尾張の民話 ＊二三〇〇円
67 石見の民話 第一集 ＊二〇〇〇円
68 石見の民話 第二集 ＊二〇〇〇円
69 佐渡の民話 第二集 ＊二〇〇〇円
70 越後の民話 第二集 ＊二〇〇〇円
71 佐賀の民話 第二集 ＊二〇〇〇円

72 茨城の民話 第二集 ＊二〇〇〇円
73 若狭・越前の民話 第二集 ＊二〇〇〇円
74 近江の民話 ＊二〇〇〇円
75 奈良の民話 ＊二〇〇〇円
別巻1 みちのくの民話 二〇〇〇円
別巻2 みちのくの長者たち 二〇〇〇円
別巻3 みちのくの和尚たち 二〇〇〇円
別巻4 みちのくの百姓たち 二〇〇〇円